异域的迷宫

薛忆沩 ◎ 著

华东师范大学出版社

给

"身边的少年"

这一切都是因为你

目录

001
自序

001
异域的迷宫

065
最后的午餐

107
等到郁金香盛开的时候……

167
天上的读者

自序

随笔《异域的迷宫》在《收获》杂志上连载之后,不少读者希望我能够尽快写出后续的篇目,我自己也这样希望。我甚至希望这些以异域生活为素材的随笔能够很快形成规模,以《异域的迷宫》为名结集出版。没有想到,这希望经过七年的时间才转变为现实。

用 2018 年最初的两个月以对我的身心造成明显伤害的工作强度完成这部书稿之后,我意识到这希望与现实之间的七年间隔并不是出于人为的拖延,而是出于命运的安排。读者手里的这部随笔集是"成事在天"的又一个例证。

2017 年是我文学道路上的转折点。随着《白求恩的孩子们》英文版、《深圳人》法文版以及《空巢》瑞典文版的同时上市以及前一年出版的《深圳人》英文版引起的更大关注,"异类"的文学道路开始在"异域"留下鲜明的轨迹。这部随笔集里的全部作品都与这个转折点相关,而最后这两个月完成的百分之六十五的内容更是与它直接相关。可以说,没有 2017 年所发生的一切,七年前的希望就不会转变为七年后的现实。

同样,2017 年也是我与"身边的少年"关系上的一个转折点。7 岁那年,他被我接到"身边",从此开始他特殊的人生之旅(同时开始的当然也是我自己的一段特殊的人生之旅)。大学毕业找到工作之后,他搬出我的视线,我们的相处压缩到每个周末我去他的住处做一次"义工"的水平。而 2017 年底,他不仅搬离了我们共同生活过十五年九个月的城市,也搬离了我们共同生活过十五年九个月的国家，彻底结束了整整二十年在我"身边"的历史。这是带给我强烈感触的变动。我相信，这部书稿的完成也与这个变动有很大的关系。

我决定将这部作品集献给"身边的少年"，不是因为我们在一起生活了那么长的时间，而是因为他是我决定移居"异域"的主要原因。1998年夏天，我带他到英国去探亲。我原以为那只是一次普通的出行，但是在旅行结束之际，我已经感到了它强烈的宿命气息。那两个月里发生的一切都好像是对我的暗示和敦促。我意识到自己有责任将"身边的少年"带到一个常年空气新鲜的地方去生活。从英国回来，我马上就递交了移居"异域"的申请。当时，包括我自己在内的所有人都认为这是一个冒险的决定。而今天，所有人都会像我自己一样肯定那并不是我的决定，那只是我对天意的顺应。

我猜测，2017年的奇迹与接下来的一年有特别的关系。1988年8月，《作家》杂志用头条登出我已经被多家杂志拒绝的中篇小说《睡星》。很多人都将这个史实当成我作为特殊的景点进入中国文学景区的标志。是的，2018年是我"文学三十年"的纪念年份。在这个年份完成和出版《异域的迷宫》也应该是顺应了天意。

薛忆沩

2018年2月28日于蒙特利尔

异域的迷宫

1

几乎所有关于目的地的想象都是错误的。这就是生活。这就是生活中的"抵达之谜"。

我在九年前的那个寒冷的夜晚抵达这座城市。我随身携带着两件无法托运的"行李":一个不满 12 岁的孩子(后来闪现在我的读书专栏里的"身边的少年")以及一种与我最后竟相隔着整个地球的身份——孤独的汉语写作者的身份。

"身边的少年"对我既深深地依赖又深深地畏惧,而他将要赖以生存的环境肯定令他更加畏惧:因为在我们抵达的这座城市里并存又冲突着两种语言,他只略懂其中的一种,"抵达"对他来说意味着退缩到了更没有安全感的婴儿时代。这种畏惧增加了我扮演的双重角色的难度。在即将开始的生活中,我应该怎样调整自己理智与情感中"父亲"和"母亲"的比例?

而汉语写作者的身份将令未来的局面更为复杂。抵达这座城市,我就被同时抛入了两种与那种身份无关的语言。从前,这两种语言只是我的"外语",只以"外遇"的媚态刺激和愉悦我的感官。我们只是保持着暧昧的关系。而"抵达"却公开了我们的关系:与身份无关的"外遇"突然变成了日常生活的主宰,思考和激情所依恋的汉语却退变为记忆的侍从,成为"少数民族"的语言。我既失去了写作能够渗透的空间,又失去了写作所需要的时间。如果继续用母语写作,我在这"别处"的生活就会变得毫无意义;而如果停止"写作",我的整个生命就会变得毫无意义。打破这僵局的唯一方式似乎是用"别处"的语言来"写作"。但是,哪怕这奇迹将来能够在我身上出现,它同样也是一种"尴尬":因为写作本身就是一种"抵达",它必须抵达读者。而我的"身份"固执地提醒我,我的理想读者散居在地球的另一侧。

面带倦容的移民官在我们的护照上盖下了入境的印记。那有点沉闷的声音确认了我在异域生活的合法性,同时又标志着我的汉语写作者身份开始经受"合法性的危机"。我已经抵达了想象的尽头。只要再往前走一步,想象和现实的箭头将会交换方向,"别处"将会变成"此处"。

我不止往前走了一步。我走了整整的九年。我背负着沉重的"行李"。我走过了一座座异域的迷宫。

2

与《最后一课》中那位严肃却又温情的法语老师相反,我的法语老师盖博是课堂上的暴君。

他的"出场"就很粗暴。上课铃响过十五分钟之后,他才用他魁梧的身体撞开教室的门。他将塞得满满的背包粗暴地卸到黑板前用来做讲台的课桌上。他有点得意背包的拉锁没有拉上或者无法拉上。然后,他在黑板与课桌之间的椅子上粗暴地坐下,双臂肘关节同时撑住桌面,手掌托起肥大的头。他的眼睛大得惊人。他一声不吭地盯着面积不到25平方米的阶梯教室,盯着我们这些对他充满着期待的成年学生。突然,他开始用很快的速度和很粗暴的语气说话。这完全超出了我们的期待。他说的话我听不太懂。但是,我知道他是在指责我们。他指责我们不应该离开自己的国家。他措辞激烈。他说我们都是自己国家的人才,是自己国家的"血",我们的离开是对自己国家的"伤害",是一种"罪过"。

就这样,他将教室变成了法庭,而我们这些在移民之前都做过"无犯罪记录"公证的成年学生突然之间就变成了异域的被告。

我注册的这个由魁北克政府资助的移民法语培训点设在蒙特利尔大学之内,共用大学的教室和图书馆等相关设施。参加这项分为六期、每期长达两个月的全日制强化训练不仅不需要支付学费,还能够定期收到政府寄来的生活补贴(甚至还能实报实销请人看护孩子的费用)。魁北克是全世界少数仍然可以靠"读书"为生的角落。在这里,接受申请手续极为简单的政府法语培训是移民生活的理想起点。

办理申请手续时要做一个简单的测试。我没有隐瞒自己的初级法语水平,因此不能全程享受政府的福利。我被安排直接从第三期开始接受培训。我插进的那个班里有十三个同学,分别来自罗马尼亚、保加利亚、哈萨克斯坦、斯里兰卡、俄罗斯、墨西哥和哥伦比亚。我们的第一位老师温文尔雅,认真负责,深受同学们的喜爱。盖博是我们的第二位老师,负责我们第四期的学习。

在激烈的指责之后,盖博的课进入了正常的程序。我们轮流进行自我介绍。盖博在每个自我介绍之后都要炫耀一下自己对介绍者祖国的知识。而他对那些来自罗马尼亚的同学有特殊的兴趣,因为罗马尼亚是他自己的祖居地。他多次打断那些同学的自我介绍,与他们就那个国家发生的事情攀谈起来。而我在课堂上的自我介绍从来都只包含两条信息:叫什么名字以及来自哪个国家。听完这简单至极的自我介绍,盖博说他对中国的道教很感兴趣。这是西方人的陈词滥调,我没有当真。

我们的自我介绍之后,盖博又说了一大通话。他继续指责。不过这一次,他不是指责我们,而是指责"世界"。他指责说这个世界上已经没有什么人读文学作品了,因此这是一个

"病态的"世界。他指着一个同学手里的那份地铁站免费派送的法语报纸,说那是"垃圾"。他不允许那种垃圾再次出现在他的课堂上。然后,他将手伸进背包的开口,掏出一大盒CD,那是普鲁斯特的《追忆似水流年》的"有声读物"。他说,要想学好法语一定要听文学作品,一定要读文学作品。

因此,他要求我们每天都做听写。听写的内容不是"垃圾",而是名家的诗歌。以文学的名义,我欣赏他这种拔苗助长的做法。但是他又说,每次做听写的时候,他还会叫一个学生到台上去,在黑板上写出自己的结果,以便他及时订正。这特殊的要求让我每天走向教室的时候都如同是被押赴刑场。我一路上都默默祈祷,希望盖博继续对那些罗马尼亚的同学感兴趣,而不要突然用他大得惊人的眼睛盯上我。

他有一天还是突然盯上了我。"你好像还从来没有上来听写过。"他说。这"好像"已经让我出了一身冷汗,更不要说接下来的实战。我战战兢兢地在黑板上写出我听到的诗句。前三行磕磕碰碰,却没有太大的问题。但是到了第四行的中间,有一个词我怎么也听不出了。盖博侧过身来,用不屑的眼光看着我。他又重复了三遍,我还是听不出那个词。然后,他站了起来,一边用越来越不耐烦的语气重复那个词,一边不断地逼近我。直到他的脸几乎已经碰到了我的脸,我还是没有听写出那个词来。

异域的迷宫

突然,盖博咆哮起来。那个法语词震耳欲聋,却还是没有能够让我开窍。事实上,我已经没有心思去琢磨那个词了。我的当务之急变成了"正当防卫",因为从来没有人对我那样咆哮过,更不要说在课堂上。我怀疑盖博在"动口"至极又不能奏效之后,有可能会要"动手"。我在琢磨:"人若犯我",我应该采取什么样的对策去"犯人"? 我不知道伟大领袖过去对我们的教导会不会与魁北克的法律有太大的冲突。

盖博没有动手,而是极为失望地挥了挥手,示意我回到自己的座位上去。他也没有对我的听力做出激烈的评论。他继续为我们做听写,将那首诗读完。

不久后的一天下午,盖博又迟到了很久。他说他去图书馆为我们复印资料,所以耽误了时间。接着,他发给我们每人一小叠复印的诗歌。他一边分发一边说我们应该经常去图书馆:因为那里可以找到许多有意思的文学作品。他复印的那一叠诗歌译自我们班上所有同学的不同的母语。译自汉语的那两首的作者分别是北岛和杨炼:我的朋友。"你们每个人的母语里都有不少了不起的诗人,你们读过他们的作品吗?! 你们知道他们吗?!"他激动地说。哪怕这不是他的设问,我也不会如实回答。我不会让自己的愚钝连累自己的朋友。

整个学期里,班上有同学多次去学校投诉,要求撤换老师。尽管有那次尴尬的经历,但我从来没有在投诉信上签过名。我拒绝参与驱"盖"运动,不知道是出于东方人崇尚和谐的传统美德,还是出于自己敬畏文学的个人偏好。

在学期临近结束的时候,盖博突然提出要将"写作"当成期末考核的内容。这显然超出了教学大纲的要求。他带来了三篇短篇小说,让我们任选一篇写读后感。一个学生当场对这过分的要求提出了质疑。而盖博竟激动地冲到他的面前。如果不是三个身强力壮的同学及时将他拉开,盖博对文学的激情肯定要演变成一场武斗。

我们的最后一课没有什么实际的内容。盖博给我们看了他的一些摄影作品。他说蒙特利尔有许多古老的建筑,很值得去发现。他还谈起他有一年在罗马尼亚旅游的时候与警察发生的冲突。最后,他将我们的"写作"发下来。他一边分发一边指责班上的同学大都不懂文学,不会"写作"。我没有兴趣去看他的评语,接过自己的第一篇法语写作之后,就将它塞进书包,然后准备离开教室。但是刚走到教室门口,盖博叫住了我。他当着全班同学的面大声说:"你的写作比你的口语和听力好多了。你写得很好。你将来可以成为一个作家。"

我没有告诉他,在另外一种语言里,我已经是一个"作家"。我只想尽快远离这每天都令我忐忑不安的教室。我答应过贝蒂,等这期法语课一结束,我马上就会给她打电话。她已经多次邀请我去她那里交谈。我盼望着用汉语和英语交谈。

3

我们从不同的方向走近电梯口。在跟我打招呼之前,她弯下腰捡起地毯上的那一小片废纸,将它扔进电梯口旁的垃圾箱里。然后,她客气地跟我打招呼,我也礼貌地回应。电梯很快就来了。电梯门打开,我跟在她的身后走进去。我们的交谈在下降的空间里伸延。她问我在这座大楼里住多久了。我稍微夸大了一点,回答说已经六个月了。这种夸大带给我一种成就感:我已经有点熟悉这陌生的地方了。我已经开始将自己还是空荡荡的房间当成"家"了。我的回答充满了自信和得意。

我肯定她是刚搬来的住户,因为在过去的"六个月"里我从来没有看见过她。不过出于礼貌,我还是回问了一句:"你呢?"我相信她的回答一定会伴随着尴尬的一笑。

她的回答不需要伴随着尴尬的一笑。她说她已经在这里居住六年了。

我的成就感顿时云消雾散。我感觉有点尴尬。幸好她接下来的问题改变了谈话的方向。她问我是不是来自日本。我的否定和更正令她的精神为之一振。这"为之一振"是我与贝蒂第一次谈话的上半部分结束的标记。谈话的下半部分是用汉语完成的。"这么说,你应该会说普通话?"她突然用我的母语向我提问。这令我为之一振。我想知道她怎么会讲我的语言。她回答说她起步于哈佛大学,随后她又在中国生活过一年。不过,那是十几年前的经历了。她说她的汉语已经荒疏。她说她正在准备将它重新捡拾起来。

七天之后,我们的交谈在贝蒂的客厅里继续。我们的房间只相隔着一个号码,却在电梯口的不同侧。我们这一次交谈的主题是卡尔维诺的《看不见的城市》。三个月前,作曲家谭盾在麦吉尔大学音乐系做过一次讲座。在那次讲座中,作曲家谈及《看不见的城市》给他带来了创作的灵感。贝蒂是在那次讲座中才听说那部神奇的小说的。她好奇一个中国作曲家怎么会从一个意大利小说家那里获得启示,回家之后,马上从图书馆借来了《看不见的城市》。她将自己在阅读过程中产生的问题记在一张纸条上。当她在一次电话里得知我也是那部作品的"鉴赏家",便邀请我过去进行讨论。那是我们将持续两年多的"学术交流"的开始。

这段故事还有更神秘的一面:三个月前的那天下午,我也曾经与"身边的少年"挤进了麦吉尔大学音乐系的那间不大的教室。也就是说,我和贝蒂在共同走进电梯之前三个月就曾经出现在同一个空间里,注视过同一个人。不过在那里,我们都没有"看见"自己的邻居。

那一天,我是在讲座的中间才挤进去的。而没有待多久,我又不得不挤出来,因为"身边的少年"很快就失去了兴趣。我想说服他坚持一下,却没有成功。随后九年里有无数次类似的"扫兴",那是第一次,它让我强烈地感觉到了"行李"的重量。我很遗憾不能够坚持到讲座结束后去与作曲家寒暄几句:我们有共同的朋友,我们说同一种方言,我们成长于同一座城市。"身边的少年"无知地剥夺了我那第一次"他乡遇故知"的机会。

与贝蒂的友谊从《看不见的城市》开始。她慷慨地为我打开城门,让我看见了她的世界。我知道了她年轻的时候受过很好的教育,大学学的是法国文学,能讲流利的法语,还曾经到巴黎的索尔邦大学深造。但是,像那个年代的大多数西方妇女一样,她受完教育之后马上就进入了家庭,成了家庭主妇。只是在丈夫过世、孩子成人,而自己也已经"年过半百"了之后,贝蒂才有机会重返学校。她注册进入哈佛大学,在那里取得教育学硕士学位。同时,她也开始学习汉语。毕业之后,她"不远万里,来到中国",在西安石油学院教了一年的英语。那似乎是她一辈子除了做贤妻良母之外做过的唯一工作。

那非常愉快的一年中有一件小事让贝蒂耿耿于怀。有一天,她随学生们去西安的郊外游玩。他们来到一条小河边。学生们都激动地冲进河里。他们想拉贝蒂下水,却遭到了她的拒绝。贝蒂是顽固的自由主义者。她热爱自然,蔑视"文明"(她多次跟我说"文明"是一个荒唐的概念)。她有三分之一的时间生活在乡间。她会不假思索地在魁北克的林间席地而坐,她会毫不犹豫地在魁北克的湖中戏水游乐。但是那一天,她却拒绝下水。她一直耿耿于怀。她说她没有办法理解和分享学生们的喜悦,她说那河水实在是太脏了。我想,它一定是脏到了远离"自然"而接近"文明"的程度了。我理解贝蒂。她来自世界上水源最充足的国家,来自那个国家水源最充足的地区。她位于滑雪胜地的"村舍"附近有不计其数的湖泊,湖水清澈见底,不少甚至都可以直接饮用。

贝蒂急于与我分享她的生活:最好的公共图书馆,最好的朋友,最好的电影和音乐……她像母亲一样关心和督促我。她问我是不是每天都坚持做了锻炼。她问我是不是已经将窗帘送去干洗。她问我在学习上有什么收获和问题。她问我怎样度过了上一个周末……相应地,我也开始像儿子一样敷衍和推脱她。我总是说我没有时间:没有时间去她位于滑雪胜地的"村舍",没有时间去品尝她想为我准备的晚餐,甚至没有时间马上去解答她在学习汉语时遇到的疑难……她总是像母亲一样纵容我的敷衍和推脱。

我必须推脱。因为2003年3月彻底结束法语培训之后,我第一次有时间去重温自己汉语写作者的身份。贝蒂的纵容"成全了我的宿命"(这是我在小说集《流动的房间》前面写给母亲的献词)。我全力回归,完成了《通往天堂的最后那一段路程》——我在异域完成的第一部作品。它的成功令我的"行李"更加沉重。而更为神秘的是,这第一部作品的题目竟然"隐喻"我在异域不断重复的一种遭遇:我一次次地"抵达"了"最后那一段路程"。或者说,我用"我"的特殊方式陪伴着一个个特殊的生命走到了生命的尽头。

贝蒂的纵容和我的推脱其实都是一种不可原谅的奢侈。她积极的生活态度和敏捷的生活能力蒙骗了她自己,也蒙骗了她的朋友们和孩子们。她的身体还可以忍受滑雪的疲劳,她的心智还能够应对汉语的复杂。没有人能够想到这样的生命竟然离终点已经那么近。

2004年的春天,她稍稍觉得有点不舒服。而去医院检查之后,竟查出淋巴癌已经到了中期。有谁会相信那是正确的诊断?

那是正确的诊断。贝蒂轻描淡写地打电话告诉我诊断的结果。她的乐观让我感动。她停掉了她已经在麦吉尔大学开始的西班牙语课,准备积极配合医生的治疗。不过,她还是不想舍弃已经重新捡回的汉语。为了让她多一点乐趣,我建议她通过翻译来学习。我选择了《三重奏》中的《驿站》(我的一篇小小说)给她做这个练习。那是一段非常充实的日子。我不再敷衍和推脱,总是及时审读她的"作业"。而我们关于英语、汉语和翻译的谈论让彼此都学到了许多东西。在痛苦的化疗阶段开始之前两天，贝蒂完成了她的翻译。

在与病魔周旋的八个月中，贝蒂只有四次请求我的帮助。其中最令我感叹的那次是她来电话让我陪她下楼。她已经叫好了出租车。但是，她说自己连走到电梯间的力气都没有了。我们在等电梯的时候，贝蒂虚弱地靠在墙上。我想起我们在同一个地点的第一次见面。我告诉她那天我说"六个月"时的得意和听她说"六年"时的尴尬。贝蒂没有笑。她说她的身体痛得难受。接着，她用她的母语里那最不"文明"的词咒骂那不堪忍受的痛。

贝蒂正在经受的折磨让我觉得时间过得很慢。她仍然在继续学习汉语。但是，化疗的效果让她回避我们的见面。遇到学习上的问题，她只是打电话过来询问。她让我帮忙去买过一次食物，她也只是交代我将东西留在她房间的门口。

我站在自己的阳台上可以看见贝蒂房间的灯光。我发现她睡得越来越晚了……她告诉我那是因为那不堪忍受的痛。她只能通过学习汉语来分散身体对剧痛的注意。我的母语陪伴着异域绝望的灯影，陪伴着她通往天堂的最后那一段路程。

最后一次与贝蒂见面是在圣诞节的前夕。她打来电话让我去她的房间。她说她准备在乡下过圣诞和新年，她会在那里住三个星期。她托我照看房间里唯一的植物：一盆弱小的富贵竹。

那是贝蒂最后的三个星期。她的大女儿玛格丽特后来告诉我,贝蒂在临终前两天从电视上看到了东南亚海啸过后的惨状。她激动地对围守在身边的孩子们说,自己的一生过得非常幸福。

六年过去了,我一直在照看着贝蒂托我"暂时"照看的那盆富贵竹。它现在枝叶茂盛,已经高达 80 厘米了。它成了我简单生活中的一部分。我在这简单的生活中阅读和写作。2007 年的春天,我决定写下自己多年来对《看不见的城市》的"观感"。那是极限的写作,是我作为汉语写作者的巨大虚荣。这种虚荣将我逼压在疯狂的边缘。每天黄昏,我必须在蒙特利尔的山路上借助五到十公里的长跑才能将自己拉扯回平庸的现实。我没有想到,三年之后,我的那些"观感"会在上海的杂志(《上海文化》)上连载出来。上海是蒙特利尔的姐妹城市,却又是我从来没有"看见过"的城市。在那里发表我关于《看不见的城市》的"观感"显然也是一个"抵达之谜"。

玛格丽特住在美国俄尔冈州。她的专业与她的母亲一样,也是教育学。她曾经在南非和博茨瓦纳生活和工作过好几年。我们只是在处理贝蒂后事的过程中有过一些来往,没有做过深入的交谈。我记得我担心自己的精神状况,想躲避将在"别处"参加的第一个葬礼。而玛格丽特安慰我说,他们在殡仪馆组织的活动不是传统的葬礼,而是生命的"庆祝会"(celebration)。请柬上将不会出现"葬礼"这样的词。她说这是贝蒂本人的交代。

"庆祝会"之后,玛格丽特将贝蒂的大部分藏书都留给了我,其中包括那套珍贵的《牛津英语字典》(OED)以及她在哈佛大学学习汉语时使用的教材。

每年在贝蒂忌日的那天,我都会收到一张玛格丽特从俄尔冈州寄来的卡片。这死亡的标志标志着生活的继续。

4

安德烈此刻正在海上航行。他说这是他一辈子最后的一次远行。

我在去年5月底就知道了他的这一"现状"。那一天,他兴奋地告诉我,"明年"1月5日他将在佛罗里达登上豪华客轮,开始环游世界(将途径六十个国家)的航行,要到4月初才会回到蒙特利尔。

这意味着他将错过蒙特利尔漫长和严酷的冬季,错过他热衷的冰上运动。这位住在我楼上的邻居刚过了他78岁的生日。每年冬天,他绝不会放过任何一个好天气。他会一大早起来,去离我们住处不远的皇家山顶上。那里的露天溜冰场会在迎来日出的同时遭遇到他冰鞋上略带锈迹的刀刃。

但是,安德烈不会错过他更为热衷的"政治"。他告诉我,为了能够实时地观察他远行的这四个月之内魁北克和全世界的政坛风云,他特意买了一台高级的手提电脑,并且通过强化训练,掌握了他以前一直抗拒的上网和收发电子邮件等"高尖"技术。"我不会错过这里发生的任何事情。"他得意地说。

安德烈是退休的法语教师,大概从来就没有过自己的"政治生命",但是,政治却是他的生命。他曾经告诉我,他从来没有错过一次电视里直播的议会辩论。那些冗长的辩论在我看来是无聊乏味的闹剧,在他看来则是意味深长的正剧。他永远都是它感情冲动的观众。他也从来没有错过一天的法语报纸。而且这座城市的两种主要法语报纸他都要买,都要读,唯恐漏掉了政局中任何的细节和分析家的任何观点。每天下午,安德烈会将读过的报纸扔在我的房门口。他一定会为我导读,用红笔圈划出所有关于中国的消息和他认为我应该知道的当地政局的异动。有时候,他还会在文章的旁边加上自己的批注。遇到令他反感的政治家,他会激动地写下"白痴"、"骗子"或者"无赖"之类的评语,用箭头将它们射向政治家的照片。他的这种阅读的激情总是让我回想起自己在少年时代曾经着迷过的列宁的《哲学笔记》。

为了政治，安德烈可以六亲不认，更不要说与邻居翻脸。他现在与住在佛罗里达的姐姐和哥哥已经完全断绝了来往：因为他们是顽固的共和党人，因为他们曾经支持小布什发动的伊拉克战争，因为他们后来鄙视与自己肤色不同的总统。而安德烈是奥巴马的铁杆支持者，他为他的获胜激动得热泪盈眶。

安德烈在出发的那一天告诉我，他在佛罗里达登船的地点离他姐姐的住处不远。但是，尽管他们有很长时间没有见过面了，他绝不会去登门拜访。

安德烈自称是自由主义者。然而，不管在联邦选举还是在魁北克的地方选举中，他都从来没有机会投自由党的票：因为他更是顽固的分离主义者，他的票永远只会投给旗帜鲜明地支持魁北克独立的那个党。在联邦选举中，那个党自身胜出的机会永远不会大于零。也就是说，安德烈投出的票永远都是实际上的废票。但是，安德烈绝不会错过任何一次投票的机会。他总是怀着对"魁独"必胜的信念投下他的废票。我想，当他在海上航行的时候，如果电脑屏幕上突然弹出了马上要举行联邦选举的消息，安德烈一定会中断自己的环游，在下一个港口下船，立刻飞回蒙特利尔，庄严地投下他的那张废票。

对安德烈来说，魁北克是一个国家，而不是加拿大的一个省份。他的门口贴着"蓝"色的魁北克旗，而不是"红"色的加拿大旗。他甚至不屑于提到"加拿大"这个词，他称它涵盖的地区

(当然要除开魁北克)为"我们的邻居"。情绪激动的时候,还会在这种称呼前面加上那个以 F 开头的不雅的定语。

对语言的偏袒是安德烈政见的标志。他自己是语言学博士,又是从美国的密执安州立大学取得的硕士学位,能讲一口流利的英语。然而,他却视英语为侵略者的语言,帝国主义者的语言,奴役魁北克人民的语言,只有在万不得已的情况下,才肯"权宜"。有一天清晨,我与他一起去溜冰。我们刚刚进入冰场,一对与安德烈年龄相当的夫妇携手溜了过来。好与人搭话的安德烈兴致勃勃地用法语向他们致意,而对方多半是以英语为母语的人,自动地用英语回应。尽管两位老人态度和善,安德烈却认定他们这是故意挑衅。他气急败坏,换下冰鞋,愤然离去。还有,当安德烈知道"身边的少年"准备选英语学校而不是法语学校读大学预科,他竟有两个月断绝了与我们的来往。那段时间,即使迎面遇见,他都拒绝跟我们打招呼。

与安德烈相处不是一件容易和轻松的事。我知道他很早就离婚了,但是,我从来没有问过他为什么会离婚。安德烈离婚的理由可能简单得惊人:一次地方选举的结果就足以颠覆他的家庭生活,令他妻离子散。他的确有两个已经成家立业的女儿,她们都住在蒙特利尔。而安德烈有一天告诉我,他已经有二十年没有见过她们了。

安得烈不仅自己有永远高涨的政治热情,他还善于"统战",善于调动他人的政治积极性。他总是邀我一起吃饭,去他家里还是去餐馆(以及去哪家餐馆),完全让我自由选择。他当然是要利用吃饭的时间为我分析政治的走向。他的分析不仅紧扣当前,还放眼世界。关于北京的奥运会,他好像比谁都知道得多;关于人民币面临的升值压力,他好像比谁都着急。

只要我关心政局,我就不用操心饭局。而饭局的确定性与政局的稳定性恰成反比。长此以往,安德烈的慷慨大方会不会令我腐化堕落,最后变成一个"唯恐天下不乱"的人?

我突然觉得,安得烈其实一直都在海上航行。

5

"与19世纪和20世纪一些在巴黎留下过痕迹(或者巴黎在他们身上留下过痕迹)的伟大作家的对话是这部小说的一部分。"在小说 *My Paris*(《我的巴黎》)的"鸣谢"部分,格尔表达了她对仍然在巴黎的街道上游荡着的那些幽灵们的感激。她感谢巴尔扎克(尤其是他的"两性化"的《金色眼睛的女孩》),她感谢斯坦因(尤其是她关于语言、种族以及共和制的著名见解),她感谢波德莱尔和柯蕾特,她还感谢雨果和他的女儿阿黛尔。最后,她特别感谢本杰明,因为在这部被视为加拿大女权主义代表作的小说里,孤独的主人公与本杰明的幽灵"就他描述历史的蒙太奇手法展开了关键性的对话"。

一个生活在二十世纪下半叶的女性与这些幽灵们在巴黎的对话实际上是《我的巴黎》的精神框架。这位对现实有很高要求同时对历史也有很深体会的女主人公来自一个地理上与欧洲分离而文化上却与欧洲同源的大陆。她走进了这座被本杰明称为"19世纪的首都"的城市。这座迷宫一样的城市既是她永久的精神家园,又是她临时的栖息地。她在城市中心一间很小的房间里住了下来。她记录下自己短暂又永恒的"停留"(或者说"回归")。她的第一个句子就将自己带进了幽灵的世界。她比喻自己"像巴尔扎克的一个女主人公"。

这种比喻模糊了现实与历史以及真实与虚构的界限。表面上,《我的巴黎》在谈论现实;实际上,它却沉湎于历史。它看上去是一部生活的"流水账",一部抹去了日期的日记。事实上,这生活之流只是主人公"意识流"的路标,在它的下面荡漾着情感和情绪的涟漪。真实的生活在小说中只是一种媒体:"巴黎"并不重要,重要的是"我的巴黎"。《我的巴黎》是一个虚构的"女人世界"(女人的"内心世界")。这个世界与已经开始"信息化"的外部世界激烈冲突:刚刚得以释放的女权马上又要准备抵制形式更加隐蔽的奴役。

我曾经想过是不是可以将这部著名的加拿大小说翻译成

汉语。但是,太多的语言实验吓退了我。《我的巴黎》是一部没有逗号的小说。文本中几乎所有的停顿都用句号标志。比如"像巴尔扎克的一个女主人公"就是一个独立的句子。而最极端的情况是,一个单词(不论虚实)也可以独立成句。书中最简单的句子就简单到只含一个虚词"但是"。还有,小说极力想避开动词。这是另一个刺眼的实验。它以现在分词代司动词之职,这一方面使小说读起来更富"动感",而另一方面却又增加了叙述的骚动不安之感。这样的实验显然不合汉语的胃口。

我告诉格尔,《我的巴黎》永远不可能成为"我的"巴黎。

我三次选修格尔的课。前两次是我主动注册。那两门课有不同的名称,其实却都是强度很大的写作课。学生每星期都要交出一篇小作品,而学期结束时更要交出一篇大作品。我喜欢也需要这种高强度的写作训练。而给我带来更大快感的是,几乎每个星期,我的作品都会得到最高的评价。这成为惯例的评价点燃了我用另一种语言写作的野心。

在第一次注册进入格尔的写作课之前,我并不知道这位英语系的客座教授是加拿大的著名作家。课程进行到一半的时候,我才在书店的一个角落里看到了她的书以及别人谈论她的书。发现她的"身份"给我出了一个难题,我不知道作为一种"外交礼仪",我是不是也应该向她暴露我自己的写作者的身份。

直到第二次选修到她的课,那门课的最后一节宣布下课之后,我才从书包里取出那张一个月前出版的英文版《中国日报》,将上面那一大版关于我的小说集《流动的房间》的书评递到她的眼前。我对她的课充满了感激。我对她给我每篇作业的高度评价充满了感激。我用这自我暴露来向她告别和"鸣谢"。

格尔竟没有丝毫的诧异。她自言自语似的说:"一点也不奇怪。"她已经从我两个学期的勤奋写作中辨认出了我写作者的身份。她扫了一眼报纸上我本人的照片下的说明。她说"流动的房间"是一个很特别的小说题目,她可以据此猜想出我的写作风格。她最后又说她骄傲有我这样的学生出现在她的课堂上。

当天晚上,我收到格尔的邮件。她约我去离她住处附近的一家咖啡馆聊天。

我们第一次以同行的身份坐下来,交换自己的创作心得和对世界的看法。她送给我两本小说:《我的巴黎》以及她的成名作 Heroine(《女主人公》)。我很惭愧自己的作品没有她能够读得懂的英语或者法语译本,只好让这位温和的女权主义者遭受"不平等"的待遇。而那家咖啡馆有一个很浪漫的法语名字 Toi et Moi(你和我)。这名字好像也是对那种"不平等"的揶揄。

在咖啡馆里就像在课堂上一样,格尔的语流平缓、语气柔和,完全没有她文学实验中的激进。这是一个"人不如其文"的典型例子。而且,她是一个极为认真和耐心的倾听者。面对我可能比英国作家毛姆还要结巴的表达,面对我肯定比她的实验还要唐突的叙述,她竟毫无惧色和愠色。她有特殊的语言才能,善于填补我的表达中的坑坑洼洼,让我们交谈行进得四平八稳。

我的自我暴露和我与格尔的"不平等"的交流又一次激起了我对自己汉语写作者的身份强烈的怀念。这种怀念导致了我的又一次语言的"回家"。与前一次不同,这一次我带去的不是小说,而是另外一种礼物。我将在《南方周末》和《随笔》杂志上的读书专栏作品塞进了自己沉重的"行李"。

可是,汉语写作者的身份与我的"学生"身份不能兼容。"回家"意味着我必须"辍学"。而中断自己的"学业"就意味着中断由政府提供的"经济来源"。我的现实与我的理想之间相隔着整个的地球!我只能顾此失彼。

2007年秋天,"迫于生计",我不得不再一次"背井离乡",中断刚刚激起读者兴趣的写作,恢复自己的"学生"身份。在学期开始之前,格尔写来邮件,邀请我注册她为研究生开设的写作课。研究生课程对这座城市里所有大学的研究生开放,想要保持"最优"的成绩,我必须击败更为强悍的对手。

就是在这门课上,我开始了自己的"另一种攀援"。我有意识地将自己的大部分作业都引向了同一座迷宫:那里蛰伏着一个神话,两个家庭,三个孩子……时间之流从封闭的七十年代直抵北京"奥运会"的前夕。我将最后的作业交给格尔的时候暴露了自己的野心。我说那只是我将会努力完成的一部英语小说的开头。

在这门课一开始,格尔就告诉我们,我们的一些作业最后要结集出版。我对在一个学生作品集中抛头露面没有兴趣。但是,格尔几次来邮件说服我。她说我是那门课上最好的学生,我的缺席将是那本小书的遗憾。最后,我的两首诗歌和一篇"实验性"的小说被结于集中。它们成为我用另一种语言发表的"处女作"。在异域的迷宫里,我第二次经历了发表"处女作"的羞涩和激动。

为了写作以上这段关于格尔的文字,我重新翻阅了她出版于1999年的《我的巴黎》。我突然意识到它与1989年出版的我的《遗弃》有许多的类似之处:它们都是日记体。它们的人物都用字母代替。它们暴露的都是内心世界。它们都很悲观。它们在各自国家的文学界都有名声。它们都没有多少读者。

(注:坐在那家咖啡馆的时候,格尔就告诉我她正在写一部新的小说。而2009年冬天去香港之前到她的办公室与她话

别的时候,她告诉我,小说已经交到了出版社。她说接下来的"等待"是对写作者最大的折磨。我刚刚知道,这部被《环球邮报》称为加拿大文坛"期待已久"的作品已经在去年年底出版。《环球邮报》的书评对格尔孤独的努力十分赞赏。这篇书评题为 Where am we? Who am we? 任何一个略懂英语的人马上就能看出其中重复的语法错误。这是故意的炫耀。这是有心的"影射"。它提醒读者,在这部新作中,著名的格尔仍然在继续她的哲学思考和语言实验。)

6

我穿上了他递过来的那件很厚的雨衣。我们一起带库马(Kuma)去湖边散步。

库马身体强壮又性情温和。它的这个日本名字的本意是"熊"。我知道,他很得意自己为它取的这个名字。他迷恋东方文化。他就寝前会换上精致的和服。他有闲时会到"中国城"去参加初级的烹饪速成班(他说出过他已经学会的那道菜的配料和工序,听上去,那好像是"宫保肉丁")。他深藏在湖光山色中的"豪宅"里摆设着不少中国的古董,悬挂着不少中国的字画(巨大的卧室入口有一幅黄永玉的作品)。这座"豪宅"由三组分离的建筑构成,而主体建筑中的两部分由一条长廊联结,是一座具有西方特色的日本庭院。走下主体建筑旁的石级,沿山坡往下再走20米,就到了他搭建在静谧的"驯鹿"湖边的码头。

湖面上的冰两星期前才彻底融化。湖水现在还冰凉刺骨。我不能像前两次那样下湖游泳了。他在我们带库马回来的路上问我是不是愿意趁这样的"天时"看一眼他的早期作品。

我在他舒适的书房里坐下。他首先给我放了一部名为 Labyrinth(《迷宫》)的短片。自始至终,屏幕上呈现出五个排列成十字的大小相等的"窗口"。伴随着不间断的华丽的音乐,窗口中的意象不停地运动:从自然到社会,从东方到西方,从古代到现代,从爱到恨,从生到死……强烈的对比充满着激情和哲理。在这部短片的开头,他用文字提醒观众:"我们每个人都生活在自己的迷宫之中。"但是,埋伏在这迷宫中心的怪兽是什么?"人"是否能够将它制服?

然后,我们看了一段他关于斯特拉文斯基的纪录片。他的镜头从多伦多的音乐厅开始盯住目标。接着,它又尾随目标在纽约登上穿越大西洋的客轮,无微不至地记录下了那位革命性的作曲家在海上度过的一段风平浪静的生活。

在看过他呈现宇宙起源的那部影片之后,我选择了他拍摄于1959年的关于古尔德的纪录片。纪录片由两部30分钟的短片构成。第一部短片名为 On the Record(《录音之中》),主要记录了古尔德1959年在纽约哥伦比亚广播公司总部录制巴赫的"意大利协奏曲"的复杂过程,从中可以见识古尔德对艺术的苛求;第二部短片名为 *Off the Record*(《录音之外》),主要记录的是古尔德在他的"村舍"里里外外的生活,从中可以领教古尔德在日常生活中的骄慢。

这是关于古尔德的最早也是最经典的纪录片。它的制片人和导演安静地坐在我的身后。当我回头向他询问摄像机可能漏掉的一些细节的时候,他总是认真地想一想,然后回答说他不记得了。我相信他的观看与我的观看完全不同。我相信他会在自己的作品中感受到时间的冷漠。距离这部影片的拍摄已经过去将近半个世纪了,而影片中记录的不朽天才也已经在二十多年前作古。时间!时间也许就是所有迷宫中那个共同的怪兽,那个永远也不可能被最终制服的怪兽。

罗曼的这部影片在1960年公演时产生了很大的影响。这是我后来在古尔德的传记 *Wondrous Strange*(《奇妙的陌生》)中读到的。传记作者认为这种影响不是因为古尔德当时暴涨的名声,而是因为这部影片本身精致的叙述方式。一贯非常挑剔的古尔德本人对影片也非常满意。他在给朋友的信中称这部影片充分地表现了他的艺术"准则"和他对生活的"热情"。

罗曼在大学的专业是哲学和心理学。但是,他喜欢科学,迷恋技术。他客厅的杂志架上摆放着他订阅的《物理学》等科学杂志。大学毕业之后,罗曼进入加拿大国家电影局。1967年的蒙特利尔"世博会"成为他人生和事业的转折点。那一年,他与两位同事一起发明了至今仍然风靡世界的IMAX电影(他也是IMAX电影公司的开创者之一)。他因此又以发明家的身份进入了电影史。而按照一本电影史书上的记载,他向我演示的那部名为《迷宫》的短片就标志着IMAX概念的起源。(我还在一份材料中读到,"星球大战"系列电影的导演卢卡奇称自己那部经典作品的最初想法来自与罗曼的一次谈话。)

2003年夏天,第一次到罗曼家做客的时候,他告诉我他是一个乐观主义者,而我告诉他我是一个悲观主义者。我们的对立令我们彼此立刻就感觉十分亲近。那一天,我从"驯鹿"湖里游泳上岸之后,他带我去他在主体建筑旁搭建的木工车间。他说他在那里打发退休生活的大部分时间。那里有几台小型的机床,有许多已经完成和尚未完成的玩具。那是罗曼的新作。那些作品显然比他早期的电影作品更受他那些与互联网一起面世的孙辈们的喜爱。

那丛林深处的木工车间让我想起了《百年孤独》。经历过宏大历史的小说主人公最后在家乡的作坊里埋头于手工制作,孤独没有被波澜壮阔的历史卷走。他必须用最原始的专注来与它作最后的斗争。罗曼没有读过那本小说。我在第二次见他的时候,特意为他带去了一本。我不知道进入马尔克斯的迷宫之后，罗曼还能不能继续保持乐观主义者的信念。

第一次见面之后，我为他写下了一首题为"一个乐观主义者的画像"的小诗。诗中写道："他走进丛林深处的车间\用手指塑造不断涌来的幻觉"。罗曼让我将小诗译成英语，然后将汉语和英语的两个版本都抄给他。他说他要将它挂在车间的墙上。

我们通常是在夏天去他的"豪宅"小住。第一次，他和他的妻子珍妮特专门开近两个小时的车到城里来接我们。而我更习惯他们等在离"豪宅"20公里远的小镇的长途汽车站。他们自称是"乡巴佬"(country pumpkins)，在城里开车好像总是不太自在。

罗曼仍然在制作立体电影。他的工作室就设在"豪宅"的底层。他在那里给我们演示他最新的作品。而阅读是珍妮特主要的生活。我们第一次见面的时候，她曾经从书架上取出一本中国先锋派文学作品的英译本，说那是她读过的唯一一本中国当代文学的书。这样的起点让我感觉惊喜。以后每次去那里，我都会给珍妮特带一本与中国有关的书。她总是当天晚上就坐在宽敞的客厅里开始阅读，有时候会读到半夜。第二天早餐的时候，她一定会与我讨论书中的内容。

2009年夏天，美国举国上下都在为奥巴马的"医疗改革"方案激烈地辩论。吃过晚餐后，罗曼和珍妮特有条不紊地收拾好餐厅。然后,他们就会坐在书房,收看一个专门的政治频道里的辩论。罗曼告诉我,他们一辈子都是民主党理念的支持者,而"公费医疗"在他们看来更是天经地义。"人来到世界上连医疗都得不到保证,实在太荒唐。"他激动地说。尽管当时美国的许多地区已经闹得乌烟瘴气,罗曼仍坚信奥巴马的方案会获得通过,再显他乐观主义者的本色。

罗曼是贝蒂青少年时代起的朋友,最好的朋友。贝蒂确诊之后,他和珍妮特经常过来看望她。"化疗"期间,珍妮特更是陪同贝蒂住了很长一段时间。而贝蒂停止"化疗"之后,他们又将她接到乡下住过一段时间。每次见面,我们总是要谈起贝蒂。她对生活和知识的热情令我们大家都赞叹不已。

在写完《通往天堂的最后那一段路程》之后不久,我和"身边的少年"随贝蒂去她的"村舍"住了四天。第二天,她带我们去了罗曼的家里("村舍"相距罗曼家的"豪宅"只有不到20公里)。第三天,她又将罗曼和珍妮特请到"村舍"来聊天和晚餐。在去罗曼家的路上,贝蒂告诉我,我将见到的这位朋友历来就蔑视金钱,但是因为参与立体电影的发明和普及,七十年代以来,"通货"从世界各地滚滚而来。这"魔幻般的现实"使罗曼得以在"驯鹿"湖边随心所欲地盖起了自己的"豪宅",过上了"乡巴佬"的生活。

罗曼多次向我们提起过离"豪宅"两公里远的地方有一片

漂亮的河滩。2009年夏天那一次,我决定要去那里看看。罗曼为我们画了一张草图,告诉我们如何从一条"捷径"去到那里。他说他们为下午茶做好准备就去河滩上找我们。

罗曼没有告诉我们,在接近河滩的地方,我们会遇见一个简易的栅栏,栅栏上的那块木牌上写着:"私人领地,禁止通行。"也就是说,罗曼多次提起过的河滩根本就不是"公共场所"。可是,我们已经看到了在树丛后伸延着漂亮的河滩。我们不想后退。我们将栅栏的门推开。

走进河滩就像走进了仙境。宽阔的河面,清澈的河水,河道中间突现的卵石以及流畅凝重的湍流声将我带到了上个世纪(1998年)与"身边的少年"在苏格兰度过的那些一尘不染的夜晚。那是我第一次带着这个孩子远离祖国。正是那次英国之行让我做出了"生活在别处"的决定。

没过多久,罗曼和珍妮特就出现在河滩上。我紧张地向罗曼提到了那块木牌上写着的字。他安慰我说:"没有关系,所有人对那块牌子都视而不见。"

我们在河滩上边走边聊。珍妮特提起她和贝蒂以前常在这河里游泳的事。那让我想起贝蒂在西安郊外的那次令她耿耿于怀的经历。而罗曼从河滩上捡起两个"易拉罐"。"总是有人在这里野餐。"他说。

"这的确是野餐的好地方。"珍妮特说。

"人们可不在乎这是不是私人领地。"罗曼又说。

"像我们这种不守规矩的人很多。"我调侃地说,"这河滩的主人一定很恼火。"

我们继续往前走了几步。突然,我听见罗曼嘟噜着说:"事实上,这河滩和附近的几座山都是我们家的。"他似乎是偶然想起了这件事。他一点也没有恼火。

7

通过"身边的少年",我首先认识了葛诺米,然后又认识了葛诺米的主人。

"身边的少年"有一天兴奋地告诉我,他得到了一份"责任重大"的工作。那本来是他住在二层的朋友,那个从布宜诺斯艾利斯来的阿根廷孩子的工作。因为他马上要随父母迁居魁北克城,"身边的少年"接替了他。他每天晚上将去遛20分钟的葛诺米。

葛诺米是一只活泼可爱的马耳他狗。他的主人是一位身体过胖、行动不便的老人。这是"身边的少年"得到的第一份工作(他后来考到了"国家救生员"的执照,开始在我们租住的住宅区里的室内游泳池当救生员)。

"身边的少年"经常带来一些关于葛诺米的主人的信息。她叫雪莉。她有两个女儿和一个儿子。儿子在澳大利亚昆士兰州的中学里教数学,大女儿在加拿大西部的一座城市教小学,而小女儿则在蒙特利尔艰苦经营一家没有其他雇员的小公司。退休之前,雪莉是麦吉尔大学生物系实验室的负责人。她很喜欢阅读,家里有不少的文学书籍。她又受过良好的音乐训练,竖笛的演奏达到专业水平,从前经常登台表演。

这些信息来自"身边的少年"在遛完葛诺米之后与雪莉的简短交谈。在交谈中,他当然提起过自己喜欢读书和写作的父亲。有一天回来之后,他告诉我,雪莉欢迎我去她那里聊天,也许我还可以从她的书架上找到想读的书。

我在2007年深秋的一个星期五的下午去见雪莉。如她事先在电话里交代的,她的房门长期不锁,我没有敲门,直接推门进去。刚一进门,葛诺米就窜了出来。它很高兴,围在我的脚边乱蹦乱跳。然后,我听到了葛诺米的主人请我往里走的声音。我走过一个过道,走进显得有点脏乱的客厅。雪莉指着沙发跟前的一张低矮的转椅:那成了此后一年多时间里我每个星期五下午的固定座位。

我们一见如故。我们谈历史,谈文学,谈政治,谈语言。雪莉尽管行动不便,思维却极为活跃。我惊叹她头脑的清晰,她夸奖我的"无所不知"。除了知识,我们还谈起了各自的家庭。

雪莉来自犹太家庭,祖父早在十九世纪末就从俄国取道伦敦移居到了蒙特利尔。蒙特利尔的犹太家庭一度以"左倾"出名。雪莉一生的偶像就是她曾经加入过共产党、思想非常激进的哥哥。她多次提到有机会一定要介绍我与她哥哥见面。她说我们都是理想主义者,一定会有许多共同语言。她还提到了她的前夫(她的三个孩子的父亲)的家庭。他的外公是热力学第三定律的发现者,1920年诺贝尔化学奖得主能斯特(Nernst)。她从她曾经的婆婆那里听到过许多能斯特如何提携爱因斯坦的轶事。

我们经常会谈起音乐。有一天,雪莉突然激动地告诉我,她少年时代从哥哥带回家的一本《世界歌曲集》上学会了一首名为《起来》的中国歌曲。接着,她竟用英语将《义勇军进行曲》从头到尾唱了出来,让我觉得不可思议。

雪莉称我们的星期五下午是"高知"的下午。她在每次谈话之后都显得意犹未尽。她感谢我给她的生活带来了"质量"。我也用同样的理由对她充满了感激。她有一天对我说,我和"身边的少年"就像是她的家庭成员。每次有客人来了,她总是会给我电话,让我去打个照面。

2008年夏天,我决定将自己在格尔的写作课上开始的小说继续写下去,而雪莉很有兴趣为我检查写作中的语言问题。我们星期五的下午从此发生了"质"的变化:从闲谈变成了研讨,从"务虚"变成了"务实"。我通常是提前两天将我们要研讨的部分交给她,由她预审一遍。而到了星期五的下午,我们再一起复审。复审的时候,雪莉将我的写作朗读出来。这是我的建议。朗读能够帮助我发现叙述节奏上的破绽(我相信任何文学作品都首先应该"动听")。可是,雪莉精彩的朗读经常会被我打断,因为我突然会对一个她认为没有问题的用法产生疑问。然后,我们就我的疑问展开讨论。

我有几次担心雪莉的身体承受不了如此高强度的脑力劳动。但是,她却坚持说,她需要这种脑力劳动。她说大脑的亢奋能够帮助她抵抗身体的不适和精神的忧郁。

我们的"务实"继续进行,直到发生了那件至今让我觉得神秘莫测的事情,那"谜中之谜"。

那一天,当朗读到小说主人公扬扬的尸体终于被人在一座废弃的仓库里发现的时候,雪莉突然激动地大声说:"不!扬扬是一个好孩子。他不应该死。"

雪莉的激动令我有点得意。我以为它确认了我的作品的"感染力"。没有想到,接下来雪莉竟会用极为平和的语气告诉我她生活中最大的悲剧。"我也有一个孩子自杀死了,就像扬扬这么大的时候。"她说。

这对我就像是"晴天霹雳"(我现在觉得只有这个有点平庸的词语才足以表达我当时的震惊)。我对自己的听觉产生了怀疑：这是"艺术来源于生活"还是"生活来源于艺术"？这是"魔幻"还是"现实"？

稍稍平静下来之后，我向雪莉说对不起。我说我不应该让她读这篇故事。而雪莉说，她觉得我的故事写得很好。它对她没有任何消极的影响。她告诉我她早已经走出了那种创伤的阴影。她说她有很长一段时间的确不能自拔。但是有一天，她遇见了一位以类似的方式失去过两个儿子的母亲。她不知道她是怎样支撑过来的。而那位母亲告诉雪莉，她的方法非常简单：她每天都去回忆孩子们"在世"时的那些美好的生活细节，而不是去哀叹他们"出世"一刹那的悲剧。是这种美好的回忆治愈了那位母亲的创伤，而雪莉也用同样的方法战胜了自己的绝望。

尽管如此，我还是决定不让雪莉继续审读我的小说了。每个星期五的下午，我还是去她那里聊天。雪莉甚至还有几次谈起了她自杀的孩子，谈起他美好的生活细节。可是，一旦她问起我小说的写作进度，我总是含糊其辞。

三个星期之后，雪莉突然陷入了极度的忧郁之中。她开始是经常在半夜惊醒，最后发展到整夜整夜地失眠。有一天晚上九点钟，她打来电话，请我过去陪她坐一下。她说她好像支撑不住了。她说她已经通知了她的女儿，但是她要一个小时之后才能赶到。

当天晚上,雪莉就被送进了医院。几天之后,她的女儿给我电话,告诉我雪莉的状况没有明显的好转。我和"身边的少年"去医院看过她一次。她抱怨说在医院住着很不舒服。她只想赶快出院。她还说很怀念我们星期五下午"高知"的交谈。那之后不久,雪莉被转往一个康复中心。我将那当成她好转的标志。她到康复中心的当天还给我打来了电话,告诉我她房间的号码。可是两天之后,她女儿通知我雪莉已经离开了人世。

在她的葬礼上,差不多所有发言的人都提到了13岁儿子的自杀对雪莉造成的沉重打击。他们都称赞她坚强和乐观的性格。在葬礼结束之后,我看见了雪莉一生的偶像,她思想激进的哥哥。她一直说想要介绍我们认识。但是,他显得那样悲伤。我没有走近他。

雪莉刚住院的那几天,葛诺米独自留在家里。我去喂过它几次。它显得极度不安,先前的灵气荡然无存。它将所有它能够拖得动的东西都拖到了地上,客厅和卧室被折腾得乱七八糟。我准备离开的时候,葛诺米焦躁地跟在我的身后,跟我走到门口。它的叫声听上去那样地压抑,让我有点不忍离去。我想起了沃科特(Derek Walcott)的那一句诗:"上帝的孤独移入了它最渺小的创造物。"毫无疑问,上帝的孤独也移入了"它最渺小的创造物"的最忠实的朋友。

后来,葛诺米被雪莉的女儿接走了。它现在应该仍然还活着。

8

已故的米勒教授只年长我不到五岁。我在 2009 年秋季学期选了他的"20 世纪早期英国文学"。我想用那门课来结束我的英美文学硕士学位阶段的学习。我已经买齐了那门课上必读的八本小说。米勒教授是现代派文学专家。我曾经想过,如果"迫于生计"还需要继续深造的话,我会选择他做我的第二个博士学位的指导老师。

他是我在这座城市注意到的第一个人。这又是一个"谜中之谜"。刚搬进租住地的那天傍晚,我从附近的地铁站入口经过。从地铁站里涌出的人流让我浪漫地联想起现代派文学最著名的路标:庞德的那两行关于地铁站的诗句。但是,在寒冷昏黑的空气里闪动着的那些"花瓣"中,只有一片真正强烈地吸引了我的注意。那张脸看上去极度迂腐,迂腐得超过一般的学究。而那个人走起路来却蹦蹦跳跳,活泼得像一个适龄的学生(而不是我这种"超龄"的学生)。在我看来,他的活泼没有减低反而加强了迂腐的效果。我料定他是我的同行,也就是说他与文学有关。我甚至更为专业地觉得他与庞德倡导的现代派文学有关。他有可能正在附近的蒙特利尔大学做博士论文,我这样猜想。后来的一年多时间里,我经常与那"花瓣"在地铁站附近擦肩而过。他迂腐的表情和活泼的举止总是引起我的注意,不断强化我对他的"认同"。

2004年的秋季学期,我在蒙特利尔大学英语系注册,成为正式的全日制学生。我在第一个学期选了一门名为"现代爱尔兰文学"的课程。我选这门课是因为根据任课老师的教学计划(所有课程的教学计划都张贴在英语系办公室门外的广告栏里),学生要读到叶芝的诗歌、乔伊斯的小说和贝克特的戏剧。

上课铃声刚响过,过道里传来了一阵悦耳的男高音。很快,那声音连同发出那声音的身体一起进入了我们的教室。啊,那个总是在地铁站附近吸引我注意的匆匆过客!他就是执教这门课的米勒教授。

他的标志性动作是用手掌自下而上擦自己总是有点淅淅沥沥的鼻子。他的口头禅是"等等等等"(and so on, so forth)。他在细读文本的时候总是将眼镜摘下来,几乎是"扔"到桌面上。他显然有点不满刚刚开始老花的视力。他经常身体还在教室外声音就已经开始在上课。而在课堂上,他总是滔滔不绝,旁若无人。他的朗读就像是在舞台上的表演。他对现代派的熟悉程度让我自惭形秽又肃然起敬。

他在课间休息后的第二节课总是迟到,有几次竟迟到将近

30分钟。他坐回讲台之后会解释一下迟到的原因。他需要利用课间的时间打电话回家去做"心理辅导"。"青春期的孩子太麻烦了。"他抱怨说。他大概不知道,他的课堂上"最老"的学生在这与文学无关的话题上与他也有强烈的同感。

接下来的一个学期,我又选了他的一门名为"现代诗歌"的课。那是英语系学生的必修课,学生成堆,教室严重"超载"。他仍然在课间休息后的第二节课迟到。他的理由仍然维持不变。他的这种"心理辅导"电话一直打到了我选修的他的最后一门课程里(那也是他一生中执教的最后一门课)。

就是在这门可以滥竽充数的"现代诗歌"课上,米勒教授注意到了我的"文学解释力"。他在我那篇细读狄金森一首小诗的论文后面写下了令我趾高气扬的评语:"你有非凡的文学解释力。"

再一次回到米勒教授的课堂上已经是三年之后。我在2008年年初选修了他那门名为"文学艺术中的现代主义"的著名课程。他对我有隐隐约约的印象。在第一节课老套的自我介绍之后,他说他记得我以前"好像"选修过他的课。他显然已经忘记了我的"非凡"之处。而我自己也完全没有想到,自己用三十多年时间磨练出来的"文学解释力"将从此给他带来一浪高过一浪的惊喜,陪他走完"通往天堂的最后那一段路程"。

在这门课的第一篇论文中,我分析了庞德的 *On His Own*

Face in a Glass(《关于他自己在镜中的面孔》)。这是一首仅有九行的小诗。米勒教授在评语中写道:"这是一篇极为深刻和精辟的论文……里面充满了漂亮的洞见和观察。"他在评语的最后还提醒我将论文的电子版传给他,因为他要将论文收藏在自己的档案里。

而在这门课的第二篇论文中,我盯上了《洛丽塔》。我关于"私家车"在那部小说中的作用的分析令米勒教授赞叹不已。他热情洋溢的评语这样开始:"这是我教这门课以来收到的最好的论文。"我知道这是"非凡"的评语,因为这门课是他的品牌,他已经执教了整整八年。

……就这样,就这样。就这样一直惊喜到了我交给他一生的最后那篇论文。那是名为"20世纪早期美国文学"的研究生课上的论文。我的论文瞄准了那个领域里的珠穆朗玛峰。我剖析"和解"在《押沙龙!押沙龙!》中的"不可能"。完成论文的那天,我在日记中兴奋地写道:我用自己充满警句的论文发现了福克纳的"所有秘密"。我相信米勒教授的评语不会与我的自我感觉相去太远,不会让我感觉特别的惊喜。没有想到,米勒教授还是用评语之前的那句"题外话"给我带来了特别的惊喜:"在说任何话之前,我首先要告诉你,我已经提名这篇论文为研究生年度最优论文。"

我还没有来得及向米勒教授暴露我与被他视为生命的文

学的"特殊"关系。我一直不希望自己在另一种语言中的写作者身份影响他对我用他的母语完成的写作的判断。(顺便说一件趣事:在最后这门研究生课上有一个像我一样认真勤奋的女学生,她当时已经出版过两本诗集,即将出版第一本小说。她显然在"自我介绍"之前就已经暴露了自己的身份,因为我记得米勒教授在她刚走进教室的时候就称她为"作家"。也就是说,她是那只有八个学生的课堂中"唯一"的作家。不久前,她穿着晚礼服的大幅照片出现在报纸上——她的那第一本小说得到了加拿大万众瞩目的文学奖。她顿时成为文学界的新闻人物。)

事实上,我相信自己是将米勒教授假想成了埋伏在迷宫中心的那头怪兽。我唯一的愿望就是用自己殚精竭虑的写作去征服他,去一次一次地征服他。

对别的教授我都像大家一样以"名"相称,但是,我从来都只是用"姓"再加上"头衔"来称呼米勒教授。一开始这好像是出于对他的尊重和敬畏,后来我怀疑,这种社会生活中的距离已经变成了我自己的一种"变态"的需要。我好像需要用这种距离来考验那"非凡的文学解释力"。我好像需要用这种距离来让我的征服显得更为惊险更为刺激。

现在,我经常责备自己的那种固执的虚荣心。在过去的那些年里,如果我能够主动地去缩短我们之间的距离,比如去他的办公室坐一坐,比如邀请他去咖啡馆坐一坐,比如告诉他我年轻的时候写过一本可以归为"现代派"的小说,比如称他为"安德鲁",而不是米勒教授……也许我们之间不会突然出现这么大的距离。

我最后一次收到米勒教授的邮件是他在2009年9月3日写下的。在邮件中,他提醒注册了"20世纪早期英国文学"课的学生们读完第一节课就要讨论的小说。第二天,他因为心肌梗塞去世的消息抵达了英语系所有师生的邮箱。他只年长我不到五岁。

他对学术精益求精,直到2008年才由世界上顶级的学术出版社罗特利奇(Routledge)出版了他的第一部专著 *Modernism and the Crisis of Sovereignty*(《现代主义与主权危机》)。而我从讣告上得知,他的第二部作品也已经完成,那是关于庞德的专著。

在他的葬礼上,我见到了他总是在课间去进行电话"心理辅导"的那个青春期的孩子——他身材高挑、长得极为漂亮的女儿。她在她的追忆中动情地说她和父亲之间有一种神秘的联系。她说母亲告诉她,在她出生的时候,第一个抱起她来的就是她的父亲。而在那个没有任何预兆的下午,她的父亲却是突然倒进她的怀里,离开了人世。

9

我有一天跟卡罗尔开玩笑说,我们的"墓志铭"都只需要一个字,她的那个字与我的那个字正好相反:她的那个字是"忙"。

卡罗尔是我在"别处"见到过的最忙的人。她退休已经差不多十年了,还是忙得不可开交,每天都有做不完的事情。如果我想安排与她的见面,她没有一次不需要查询记事本,而查询的结果没有一次不令我扫兴:"最近"的一个星期已经没有空白可以容下我的名字。

她有一半的时间为别人忙:每星期一的上午要去医院做义工;每星期四的下午要去照看一个已经瘫痪的朋友;还要定期去看望刚刚去世的一位朋友的家人……她另一半的时间为自己忙:她每学期都在大学里选修一门课(历史、语言或者艺术史),每星期要去一次学校,回家之后还有许多材料要阅读;她还参加了一个每个月要聚会一次的读书小组,每个月要读完一本高深的小说,要写出自己的读书报告……还有,每年春天她绝不会错过蒙特利尔蓝色都市文学节中令她感兴趣的讲座,每年秋天她也不会忘记去麦吉尔大学一年一度的二手书市做两天的义工。

电话不是与卡罗尔联系的最好方式。我按下她的号码之后,通常听到的不是占线的声音就是留言的提示。两者都是她"忙"的标志。好不容易接通了的电话,有一大半的时间只能长话短说或者"下次再说",因为她马上就要出门或者家里已经来了客人。

我不敢去想象她在退休前会有多忙。

卡罗尔退休前是蒙特利尔一所英语大学预科的数学老师。她在任教的同时,曾经长期为一个国际组织做义工。她每天都要用大量时间与世界各地的人联系,要将很多伸张正义的信件从邮局寄往世界各地。她有一天给出了那"大量时间"的数学定义:"每天10小时,至少10小时。"难怪卡罗尔家里不设电视,她没有时间看电视;难怪卡罗尔没有组织过家庭,她没有时间相夫教子。

卡罗尔出生和成长于澳大利亚的昆士兰州。她的曾祖父是中国人,但是关于这位祖先在中国的生活,流传到她这一代的只有一条信息,就是他离开中国的口岸是"厦门"。卡罗尔以自己的中国血脉而自豪,尽管她的言行和外表已经全无中国的痕迹。唯一能够透出异国情调的是她有点古怪的家姓。那显然是一个汉语的方言词在一座南半球的孤岛上与英语肉搏多年之后留下的印证。

卡罗尔25岁那一年从澳大利亚的昆士兰移民到加拿大的魁北克。这是"第二世界"内部的平移,在政治上应该没有什么意义,可以归于"瞎忙"一类。但是从地理上看,这却是从南半球到北半球的移动。对一个曾祖父来自中国的人来说,这勉强可以附会为"回家":她流动着中国人血液的身体也许更习惯"6月份是夏天1月份是冬天"这种北半球的直白逻辑。另外,她成长的昆士兰州东北部是冰雪不到地区,寒冷是不是也是卡罗尔的生理需要,她移民的"内因"?当然,从文化上也可以找到这"平移"的一条解释:法语是卡罗尔的一种激情,而蒙特利尔是一座语言的迷宫。作为欧洲历史的一面镜子,两百多年来,英语和法语在这里不断冲撞和融合。

因此,她的生活围绕着三个国家展开:她的出生地,她的居住地以及她的祖居地。对于中国,她最关心的是政治和艺术。不过,因为我的出现,她对中国的文学也多了一份心思(尽管她真正感兴趣的还是以色列和土耳其的文学)。她订阅了三十多年的 TLS(《泰晤士报文学增刊》)。最近三年,每次从那里读到关于中国作家用英语写的或被翻译成英语的新书书评,她都要打电话告诉我,哪怕我已经向她"承认"过那些书评经常会让我产生吃酸葡萄的感觉。

卡罗尔一生都"忙"于学习。我从她的简历上看到她17岁就从昆士兰大学音乐系得到了钢琴演奏的文凭。后来她正式进入昆士兰大学,从那里得到法国文学和应用数学双学位的本科文凭。抵达蒙特利尔之后,她又分别从英语的康科迪亚(Concordia)大学和法语的蒙特利尔大学得到过"数学教育"和"纯数学"两种数学的硕士学位。她还曾经下过几年的功夫,想学会祖先的语言。可惜这种努力最后以失败而告终。所以,卡罗尔现在只会讲三种语言(英语、法语和西班牙语)。

我是通过贝蒂或者说是通过贝蒂的死才认识卡罗尔的。贝蒂生前多次提起过她有这样一个忙得不可能有时间带我去认识的朋友。只是在贝蒂生命的"庆祝会"上,我才第一次与卡罗尔交谈。那一天,她的细心引起了我的注意。在贝蒂的一个朋友发言之后,她走到人群的前面,提醒大家贝蒂有很深的中国情结。然后,她将我和贝蒂在麦吉尔大学的一位汉语教师介绍给大家。

那之后的三年,我们每年写五六次邮件,通三四次电话,见一两次面。但是到了2009年,我们的关系发生了"质"的飞跃:我有幸成为了卡罗尔的一个"忙"源,在她每周的安排中占据了"雷打不动"的一格。

从那一年的1月开始,卡罗尔就承担起了我的小说的审读任务。我们的见面定在每个星期五的上午。在随后的整整六个月里,只有过一次中断。

雪莉粗放,卡罗尔缜密。雪莉行动不便,卡罗尔活蹦乱跳。

性格和身体状况的不同导致了这两位审读者审读风格的对立：雪莉挂一漏万，卡罗尔锱铢必较。注意力高度集中的卡罗尔不仅帮助我全歼了雪莉遗漏的错误，在雪莉"宽容"的地方，她也能挑出不少的"是非"。但是，卡罗尔并不刻板。她有极强的幽默感。在我的语言游戏出格的时候，她经常会用意想不到的玩笑敲响警钟，让我免遭"聪明"之误（可惜那些笑话都受制于英语，无法在这里用汉语与读者分享）。而且，她也有格尔的那种特殊才能，能够说出我想说却说不出的词或者句，善于填补我表达中的漏洞。最令我开心的是，文学和数学是我和卡罗尔共同的双重背景。这种背景使我们有罕见的默契，能够将关于词语的推敲演变为严谨的数学推导。因为卡罗尔，我的"另一种攀援"充满了思想的乐趣、语言的乐趣和发现的乐趣。

我有一天提醒卡罗尔，她其实还多做了一份"义工"：她还在为自己的母语做"义工"。热情奔放的雪莉也是这样的"义工"。我深有感触地告诉卡罗尔，"母语"有这么多孝顺体贴的孩子，真是一种幸运。而与雪莉的回答一样，卡罗尔说与我讨论写作和语言是一种意想不到的享受。

我们在探讨的间隙，还会用生活中的细节来放松自己的神经。卡罗尔谈起了与她"持不同政见"的弟弟（他是一位建筑师，仍住在昆士兰），而我会谈起已经在伦敦住了二十年的姐姐（她是一位商人）。我曾经称她是我"包括性别在内的一切方面的对立物"。有一天,我谈起我姐姐对我的指责。因为我不愿意接听她打断了我的思路的电话,她指责我"自私"。身为"姐姐"的卡罗尔马上有几乎是自动的反应。她说:"艺术家当然是自私的,艺术家当然要自私,他需要保护自己的灵感,因为灵感是最脆弱的东西。"

还有一件让我非常感动的事情是每次我推荐给卡罗尔读的书,她都会认真读和及时读。通常在下一次见面的时候,我们就会有关于那本书的讨论。另一件让我非常感动的事情是卡罗尔告诉我她"从来"不会扔掉任何的"手迹"。有一天,她向我展示了从移民加拿大以来四十五年间收到的"全部"几百封家信。那些信的信封都保存完好。

小说的审读在夏天去罗曼家小住的前一天结束。我将布满了旁注的稿件带到了"驯鹿"湖边。有一天晚餐后,趁罗曼和珍妮特还没有去听关于"医疗改革"的辩论,我给他们读了小说中渲染的那段关于共和党总统的政治笑话,引起了一阵阵欢笑。接着,我们又严肃地讨论了美国两大政党对中美关系的不同态度。

气象预报说那天晚上有流星雨。罗曼和珍妮特去书房听辩论之后,我独自坐到了静谧的"驯鹿"湖边的码头上。我仰望着满天的繁星,那样豪迈的夜空是在蒙特利尔城里看不到的。我回想起六个月来与卡罗尔关于语言的探讨,我没有想到自己这一生中会有能力和体力完成这"另一种攀援"。我也没有想到自己会有如此曲折和如此艰辛的"抵达",就像我没有想到自己会如此松弛地置身于如此纯净的仙境。

突然,一阵接一阵的流星雨让夜空散发出了触手可及的梦幻。那是我第一次看见流星雨。那是我第一次觉得自己离天空竟是那么的近。

"身边的少年"突然的"成人"和剧烈的波动让我的2009年充满了焦虑。而繁重的学习任务和疯狂的"另一种攀援"让我再一次疏离了汉语的写作。加上年初雪莉的离去以及秋天米勒教授的猝死……我被一次次推到了"崩溃的边缘"。但是,"星期五的上午"成了我的避难所,我的急救站。关于语言的探讨和发现一次次拯救了我。从卡罗尔那里骑车回家的路上,我有两次不得不停下来,擦干蒙住了眼睛的泪水。我流下了太多的眼泪,为我的孤独,为我的充实,为我的获救。

夏天短暂的停顿之后,我们又恢复了星期五上午的见面。与目标明确的上半年相比,我们不再需要跟踪叙述的线头,关于语言的探讨更为散漫和随意。那一段时间,我突然迷上了英国作家博吉斯(Anthony Burgess)。我们就他诡谲的语言展开了细致的讨论。我们"星期五的上午"一直持续到我启程去香港的前一个星期。

2009年底,我第一次以异乡人的身份返回故乡。标志着这"身份"的并不是那本有效的通行证,而是我对世界的不同反应:海地地震的震撼就像来自相反的方向,来自我的祖国。我急得如坐针毡,夜不能寐。蒙特利尔是海地人在海外最大的聚居地(蒙特利尔的大多数出租车司机都来自海地)。我已经熟悉和习惯了海地人的笑声和口音,那是我自己的日常生活的一部分。地震的当天,我就给卡罗尔打去了电话,询问蒙特利尔的赈灾情况。另一种反应出现在一个月之后。那一天,我在香港的火车里看到了加拿大险胜美国,赢得冬季奥运会最后一块(男子冰球)金牌的电视报道。我本来对异域的"国球"没有特别的兴趣。但是,我的脸上突然出现了胜利的微笑,而我的身体突然摆动得比车厢还要厉害。令我自己都非常吃惊的这大悲大喜的"本能"反应将我与挤在身边的同胞拉开了距离。"糟了!"我嘟噜了一句。我看到了自己新的"身份"标记。

距离我的上一次"回家"已经四年多了。"家"不仅远离了我的现实,也已经背弃了我的记忆。我称自己是回到"故乡"的"闰土"。我迅速意识到我必须埋头于写作:只有汉语的写作本身能够让我免于幻灭的恐惧,重温"家"的温暖。

而这次"回家"还有更暧昧的一面,因为对我来说,它同时又还是"离开"。我"离开"了"身边的少年"。那是自十二年前同时担任他的"父亲"和"母亲"以来,我第一次离开他那么久和那么远。他仍然是我的"行李"。我在"回家"的路上仍然看不到他的前途。我在跨进"家"门之后仍然不停地回望,回望地球另一侧漫长的寒冬。

在去香港之前,我特意也为卡罗尔买了一本希尼(Seamus Heaney)的随笔集 *Finders Keepers*(《谁捡到归谁》)。那是我自己的案头书,而卡罗尔很快也就将它定义为她一生中读到的"最好的书"。我们约定,每星期读完书中的一篇随笔,然后在"星期五的上午"通过邮件交换阅读的心得。我想借助那个爱尔兰的天才来延续我们一年来的语言探险。遗憾的是,我利用"天时地利人和"迅速大规模地回归了汉语的写作,与卡罗尔约定的交流从定期变成了不定期,很快又变成了遥遥无期。

夏天的一个星期五的早上,当骑车接近卡罗尔的住处的时候,我远远看见她悠闲地坐在屋门口的台阶上,手里还拿着一片树叶。那是我从来没有看见过的卡罗尔的"不忙"的样子。我想停下来,让她多享受一下悠闲的时光。但是,她看见了我。她站了起来。她马上又要"忙"起来了,为了捍卫她的母语,为了我。

10

今年92岁的科亨先生在夏天的时候总是穿着白色的西

裤,显得很老派又很有风度。他的个子很小,个头却很结实。他的脸型很英俊。他银白的胡须和头发总是梳理得很精致。他的目光祥和又刚毅,那标志着他与生活曾经有过不同寻常的交道。他行走的速度与他的生理年龄极不相称。冬天的时候,我曾经看见他从积雪上小跑而过,去追赶刚刚停下的一辆公共汽车。

我是在楼下游泳池旁边的桑拿室里认识他的。也就是说,我们的相识一开始就无遮无挡、无牵无挂。我们很快就进入了话题。他告诉我他是研究欧洲历史的历史学家。而我告诉他我从小就对历史有浓厚的兴趣。我追问他更具体的研究领域。他说他主要研究犹太人经历的大屠杀的历史。对这个领域的无知引起了我对他更大的兴趣。

下一次见面的时候,科亨先生给我带来了一叠他发表在报纸和杂志上的文章以及一些他从来没有发表过的诗作。从他的文章中,我得知他自己就是大屠杀的幸存者和见证人:他有将近两年在集中营生活的经历。这种特殊的经历让我更着迷他"祥和又刚毅"的目光。这种特殊的经历引导我在桑拿室里用历史的眼光去审视他大汗淋漓的身体。

科亨先生动作和思维的敏捷隐瞒了他的生理年龄。而他还用其他的方式来隐瞒自己的生理年龄。87岁生日那天,他告诉我他的生日蛋糕上写着他过的是15岁的生日。将生理年龄中十位与个位相加，得出自己新的年龄，这是科亨先生发明的"返老还童"的快捷方式，这是顽童的游戏。

他的生活极有规律。只要不与教学和研究相冲突，下午4点钟他一定会出现在楼下的游泳池里。他首先游蛙泳，然后游自由泳，最后再游仰泳。他的每一种泳姿都不标准，但是，他却从不克扣每天运动的定量，就像他不克扣每天用于写诗的时间一样。除了游泳之外，他每天还要徒步很长的距离，风雪无阻。

科亨先生说他每天都要写诗。这种执着令我为自己断断续续的"写作者身份"深感愧疚。他的诗作很"老派"。他显然深受荷马史诗的影响，经常为"玫瑰色的"日出或者日落而激动，每一首诗都充满了积极向上的情绪。一位作家曾经断言在"奥斯维辛"之后，诗就不存在了。可是，为什么这个经历过"奥斯维辛"的人还要用诗来陪伴自己的生活？

刚刚过去的这个圣诞节前的一天，我从图书馆出来，注意到科亨先生在前面不远的地方。在我快追上他的时候，他走到了十字路口。这时候，路灯正好变成红色。科亨先生没有停下来等候，而是向右转，沿着马路一丝不苟地走了一段，又一丝不苟地走回到了路口。他像时间一样准确：路灯正好变成了绿色。我们一起横过马路。我问他为什么不愿意等待。他回答说："等待很无聊。"

这很平常的回答在我听来很历史也很哲学。我相信，在集中营度过的那些灾难性的日子早已经耗尽了科亨先生对"等待"的耐心。

我们一起往住处走,同时做一些随意的交谈。快分手的时候,我突然问起科亨先生对我很欣赏的英国历史学家、他的犹太同胞祖特(Tony Judt)的看法。60岁的祖特不久前猝然去世。这位研究欧洲历史的大家曾经是犹太复国主义者和马克思主义者。但是,他最后完全背叛了这两种主义。上纲上线,就是说他既背叛了"革命"又背叛了"传统"(或者"祖先")。他的所有成熟的著作都是这种背叛的产物。

科亨先生不假思索地回答我的问题:"他是一个伟大的历史学家。如果他在我面前,我会脱帽向他致敬。但是,他的许多观点都是错的。特别是他关于犹太民族的观点……那些观点全是错的。"这样的回答显得很老派又很有风度,就像科亨先生夏天的装扮。

每一个裸露在桑拿室里的老人都带来了一段亲身经历的历史:标志着二战开始的波兰的沦陷,预示着二战结束的对柏林的轰炸,意味着冷战升温的"匈牙利事件",等等。桑拿室里有限的水雾与历史无边无际的烟尘混杂在一起,现实的感叹与历史的意象混杂在一起……这奇妙的混杂令我决定将这12平方米的地方当成格尔写作课上一篇大作业的"场所"。她要求我们写一个可以从许多角度观看的"公共场所"。我选择的"场所"当然面积最小,但是它却有最大的景深。几年之后,格尔还向我提起过那个她不能随便进入的"公共场所"。《历史裸露的地方》是我为那篇作业选定的题目。

来自匈牙利的兰茨先生是那篇作业中的另一个重要人物。他因为我熟知"纳吉"而对我刮目相看。他告诉我,五十年代初在布达佩斯游行的时候,他曾经高举毛泽东的画像。他称赞我们的"大救星"是一个非常英俊的人。而我告诉他,我就是从那个非常英俊的人那里知道了"纳吉"的存在,当然我还同时知道了中国也存在着"纳吉"。

兰茨先生总是随身带着关于他自己的剪报。他是著名的雕塑家。这座城市有三条主要街道上都安放着他的现实主义的作品(哈佛大学肯尼迪图书馆内的肯尼迪雕像也是他的作品)。

他告诉我他的工作室离唐人街不远。每次见面,他总是用那同一句汉语与我打招呼:"我爱中国人。"这比好像所有人都会的"你好"当然感情充沛得多。然后,他总是要停下来,谈一谈他对生活和艺术的感受。他很健谈。

兰茨先生每天游泳的距离也与他的年龄极不相称。我认识他的时候,他已经83岁了。他每天却仍然要坚持游五六百米的距离。不过,他远没有与他同年的科亨先生那样刻板:只要游泳池里出现了年轻漂亮的女子,他肯定会中断自称是从不马虎的锻炼,迫不及待地游过去,迫不及待地向对方暴露自己的身份。"我是大艺术家。"他总是这样自我暴露,特别是将"大"字发得很饱满,听上去好像夹带着充足的唾沫。他不仅自己从不会放弃游泳池里的任何一次"艳遇",还多次鼓励我说人生苦短,见到年轻漂亮的女子,一定要勇敢地游上前去,绝不要放过。我沮丧地提醒他,我的视力不好,在游泳池里什么都看不见。对我来说,游泳和审美是一对矛盾。

有一天,兰茨先生又在游泳池里与一个刚从突尼斯来这里学法国文学的年轻女子攀谈起来。我独自上岸,先坐到了桑拿室里。没过多久,兰茨先生也进来了。他对我做了一个赞赏的手势,显然对刚才的攀谈非常满意。但是,他的神色突然又变得忧郁起来。他在桑拿室的角落里坐下,先是一声不吭,后来又滔滔不绝。他说起了他去世多年的妻子。他说她是世界上最漂亮的女人。"没有人能够比得上她。"他这么说着,竟流下了眼泪。

2006 年的一天,我在一层的大厅里遇见兰茨先生。他坐在沙发上,看上去非常虚弱。我在他身旁坐下后,他告诉我,他的胰腺癌已经到了晚期。我知道他得癌症的事。他一开始若无其事,每天上午继续到一家购物中心去画人物肖像。我没有想到他的病情发展得这样快。他说他不想死。我拉着他的手安慰他说他不会死。我还提醒说他是艺术家。"艺术家不会死。"我很冲动地说。兰茨先生显然很高兴我这样哄他。但是,他马上又抱怨说他正在接受的化疗让他感觉身体非常虚弱,甚至都没有一点力气去做运动了。他说他想马上停止化疗。他说他不想这样虚弱地活着。

两个月之后,我从一份扔在我房门口的英语报纸上读到了兰茨先生的讣告。

11

九年过去了,"身边的少年"已经长大成了一个很少在身边的年轻人。他已经能够用在这座城市里通用的两种语言料理自己的学习和生活。他已经不很(或者"很不")愿意与我交流。我知道,他也经历过了许多异域的迷宫。有一段时间,他甚至完全迷失了方向,不仅不知道将来要学什么,甚至对学习本身都没有兴趣,什么都不想学。那时候我有一种担心,担心他会成为我永远的"行李"。

我不知道他是否还记得那个抵达的夜晚,是否还记得他对我的深深的信任和依赖。我自己关于那个夜晚的记忆让我自己非常难受。我从来没有想象过"身边的少年"会完全迷失方向。为了确保这"没有想象过"的正确,我意识到自己必须再一次决定他的"出发"。我没有太大把握地将一本柯布西埃(Le Corbusier)的传记放到了他的桌上：他居然读了，还很喜欢。我同样是没有太大把握地将一盒怀特(Frank Lloyd Wright)的传记片顶入了录像机的插缝：他居然看了，还不止看了一遍。

他现在是大学建筑系的学生。一个学期过去之后，他仍然说他做了一个"正确的选择"。

在那第一个学期里，他的建筑史课的老师竟指定小说《看不见的城市》为那门课的两本必读书之一。这让我觉得新奇又兴奋。"身边的少年"告诉我，他的老师推荐的版本正好是我用的版本。我不可能将自己多年前在伦敦购买的那本书借给他，因为那上面满载着我的"观感"，它是我的至爱，不忍由他人染指。我说我会买一本新书送给他，作为对他"正确的选择"的奖励。他欣然接受我为他"出钱"，他说谢谢。接着，我跟他走到了他的房间门口，说出了我其实更想说的话。"那是一本永远读不透的书。"我说，"如果你有需要和兴趣的话，我随时都愿意与你就书中的细节展开讨论。"这位建筑系一年级的学生知道我多年来为那部作品下过怎样的苦功。但是，他什么话也没有说。他用不信任的目光打量了我一阵，然后，还算文雅地关上了他的房门。

他拒绝我为他"出力"。这拒绝是生活中的又一个路标：它告诉我，他已经不再是我的"行李"。

而我仍然背负着那另一件"行李"。我仍然在用我钟情的汉语写作,仍然在我攀援过三十多年的那座高山上攀援。整个2010年,除了有三个月时间用于细读《尤利西斯》,最后以"全优"成绩完成自己的第一个洋学位的学习之外,我的大部分时间都奉献给了自己的母语。我夜以继日,在异域的迷宫里迎来了这九年之中汉语写作的"第三次浪潮"。这其中最大的高潮是我耗时将近五个月用汉语重写了自己已经用英语写过的故事,完成了自《遗弃》(就是二十二年)以来的第一部长篇小说。这是一种罕见的写作经验,因为两种语言逼近故事的方式完全不同。通过这种罕见的经验,汉语再一次给了我强烈的震撼:它就像是天启和神谕,既让我享受到"天人合一"的酣畅和自由,又让我一贯的谨慎和节制更具质感和尊严。这种感受在我写作《看不见的城市》"观感"(那是我的"第二次浪潮"中的高潮)的时候也曾经出现。我终于清醒又骄傲地意识到,不管能用另一种语言在学术和创造上走多远,我永远都不会舍弃自己汉语写作者的身份。

另外,我还完成了关于"七十年代"的随笔。那段很长的"回忆"发表于《今天》杂志2010年秋季号上,它是我这"第三次浪潮"中的初潮。随后,我还将完成关于"别处的生活"的更长的随笔。我相信这新的"高潮"会将我的"第三次浪潮"延续更长一段时间。

布罗茨基在领取他的诺贝尔文学奖(1987年)前一个月曾经在维也纳做过一次题为"我们称之为'流亡'的境遇"的演讲。他用阴郁的口气谈论那些离开自己的祖国和母语的写作者的困境。他说那种离开的唯一好处是能让写作者体会到人的"卑微"。而我自己在离开"祖国和母语"之前的一个月,曾经在深圳的杂志上发表了一次访谈。访谈碰巧就以"面对卑微的生命"为题,好像我对"别处的生活"已经做好了充分的思想准备。但是,实践的经验告诉我,不管在思想上准备得多么充分,这种"抵达"总是一次冒险,一次朝向迷宫的出发,一次"无法抵达":因为几乎所有关于目的地的想象都是错误的。

这就是生活。这就是生活中的"抵达之谜"。

最后的午餐

走进奥斯维辛

时间是 2014 年 1 月 26 日下午 4 点 30 分。地点在我住的这座大楼 905 号房的客厅里。主人莉迪亚示意我坐在她的对面。昏暗的房间里环绕着巴赫的平均律。

我首先向莉迪亚解释自己为什么拖了整整一个月才坐到了她的对面。我是圣诞节当天的晚上从中国回到蒙特利尔的。回来后的第三天,我就给莉迪亚去了电话。知道我已经回来,莉迪亚就会在每天中午将她读过的当天英文报纸放在她房间的门口,而我会在午饭之后去那里捡起那份报纸回家翻阅。这是我们已经有半年历史的阅读接力。那一天,莉迪亚的身体状态和精神状态都非常好。她有谈话的兴致。她很想听我中国之行的见闻。可惜,电话线路有点问题,她听不清楚我的声音。莉迪亚建议我去她家里继续我们的交谈。我说"现在"不行,我的借口是我还在时差之中。而真正的理由其实是我已经进入新一轮的写作状态,不想耽误太多的时间,也不想打乱自己的思路。没有想到,这写作状态持续了整整一个月。这是纯情和专一的一个月。这是与母语朝夕相处的一个月。我的身心完全在写作的愉悦和痛苦之间摇摆。蒙特利尔的严冬被我排挤到了感觉和记忆的边缘。当带着深深的疲惫走出母语的迷宫的时候，我首先想到的就是给莉迪亚去电话。我告诉她，"现在"我有时间去她那里交谈了。这时候，莉迪亚又开始服用抗生素了，从她虚弱的声音可以听出她身体的疲惫。但是，她还是很想听我中国之行的见闻。一个小时之后，我走进了她的客厅。我在她躺椅对面的靠椅上坐下。这是我们第一次面对面坐下来交谈。我们首先谈到的是北京的雾霾。

八年前的一天，在莉迪亚搬进我们这座大楼的第二天，我在大楼底层通向泳池的过道里遇见她，停下来交谈了几句。我当时大吃一惊，因为她的面孔就如同我敬仰的加拿大作家爱丽丝·门罗的一张著名照片的翻版（直到2013年10月初，也就是本文写作的四个月之前，在英语世界享有盛誉的爱丽丝·门罗在中国还默默无闻。我的好多次推荐都被出版界的朋友置若罔闻。但是因为瑞典皇家文学院毫无悬念的决定，她一夜之间却变成了中国文化市场上独领风骚的明星）。我将这有点不可思议的"雷同"当成是自己文学道路上的吉兆。回到家里，我半开玩笑似的告诉"身边的少年"，加拿大最优秀的作家成了我们的邻居。"身边的少年"当时既没有见过莉迪亚，也不知道谁是"加拿大最优秀的作家"。他整天都在做着文学梦的父亲说出的又一句狂言当然不会引起他任何的兴趣。

大概两个星期之后的一个晚上，我与莉迪亚在泳池相遇。

我按照自己的惯例，先游十趟标准的蛙泳，再游三趟不够标准的自由泳，最后再游一趟极不标准的蝶泳。我的蝶泳激起了巨大的水花和水浪，也激起了正在相邻泳道里漫游的莉迪亚极大的愤慨。我刚气喘吁吁地停下，她就开始对我横加指责。这是我在加拿大的移民生活中从来没有遇到过的场面。她指责我不应该不顾他人，肆意扑打，扰乱公共泳池的正常秩序。我本来对自己的蝶泳水平就没有把握，经她这劈头盖脑的指责，就更加羞愧难当了。我没有回嘴也没有认错，而是迅速上岸，抱起自己的行头灰溜溜地离去。在更衣室里冲洗的时候，我肯定这位貌似门罗的邻居与自己的关系还没有开始就已经结束。

后来我和莉迪亚当然还是经常相遇，在电梯里或者马路上。但是，我只会像对待普通邻居一样对她点头示意。我们再也没有像第一次那样停下来，做更多的交谈。

"身边的少年"后来考到了救生员的执照，一度就在楼下的泳池里担任救生员。他在聊天的时候偶尔会提起一位经常来游泳的"老奶奶"。他说她对他很好。她不仅在游泳的前后喜欢与他交谈，过圣诞节的时候还送他卡片和礼物。过了差不多两年的时间，我对那位对他很好的老奶奶才准确定位，原来她就是曾经对我很不好的莉迪亚。这"不平等的待遇"让我对莉迪亚产生了好感。

去年夏天的一个中午，在从超市回来的路上，我看见莉迪亚在前面不远的地方,就快步赶到她的身边。莉迪亚很高兴看到我。她向我打听"身边的少年"的近况:他已经从大学的建筑系毕业了,他正在纽约的一家事务所实习……同时,我也乘机走进了她的生活空间和精神世界:她是来自匈牙利的犹太人,在著名的"匈牙利事件"之后移居加拿大。她是一位理想主义者,这么多年过去了,对自己早已经逃离的社会主义依然充满了很深的感情。

分手的时候,莉迪亚将电话号码留给了我。她早就从"身边的少年"那里知道了我是一个写作者。她说希望我们将来还有更多的交谈。我也希望这样。我告诉她,我很喜欢听故事。她告诉我,她的一生有很多的故事。

一个星期之后的那个周末,我第一次拨通了她的电话。我们的交谈进行得非常顺畅。我没有想到,时间很快就开始倒流,流向了第二次世界大战的最后岁月。莉迪亚告诉我,那最后的岁月她是在奥斯维辛度过的。这意想不到的信息对我就如同一道闪电。而她的声音却非常平静,平静得让我更加不知所措。我想象不出那个在集中营里与死亡朝夕相处的花季少女是什么样子。"你的父母呢?"我战战兢兢地问,"你们在一起吗?"莉迪亚停顿了一下,问我是不是听说过毒气室。"当然。"我说。那是二十世纪历史上最恐怖的地标。莉迪亚告诉我,那就是她的父母在这个世界最后走进的房间。说到这里,她突然有点激动。她说她不想回忆"那些事情"。

而我却很想知道"那些事情"。我也有点激动。我没有想到自己能够走近一个曾经走进奥斯维辛的人。我盼望着将来有机会能够坐下来,坐在莉迪亚的对面,听她再现那七十年前的黑暗和绝望。

将近半年之后,我终于走进了莉迪亚的客厅,坐在了她的对面。昏暗的房间里环绕着巴赫的平均律。首先是我在说:我谈到了我一个月前的中国之行,我谈到了我刚刚结束的写作苦旅。接着是我在听:莉迪亚用很平静的声音谈起了她位于匈牙利和罗马尼亚边界的出生地,谈起了她当律师的父亲和当钢琴教师的母亲,谈起她母亲过了 40 岁才生下了她……我没有给她任何压力,也没有给她任何暗示,她的思路却一直顺着我的好奇最终指向了我很想知道的"那些事情"——

他们一家人是在 1944 年 5 月 28 日在他们的家乡被押上那种用来运送牲口的火车的。那一天正好是她父亲的生日,所以她记得特别清楚。火车的终点是奥斯维辛集中营。火车走走停停,用了五天的时间才抵达应该只需一天就能抵达的目的地。跳下火车之后,莉迪亚一家人被德国士兵指挥着排进了一条长队。等在长队尽头的就是第三帝国臭名昭著的"杀人魔王"门格尔医生。但是这令人毛骨悚然的代词是莉迪亚后来才知道和接受的。在那个遥远的清晨,花季少女看到的只是一个年轻的德国军官英俊的脸。"他长得真漂亮!"七十年以后,她还是用这样的感叹再现她当时的感觉。这是能够刺痛和刺破所有真理的感叹。门格尔医生对不停地走到他面前来的人做着两种不同的手势。那是决定生与死的手势。那原本是只有上帝才能够做的手势,但是在那个遥远的清晨,决定生死的权力下放到了一个"漂亮"的年轻德国军官的手里。莉迪亚一家来到他的跟前。他做了两次那两种不同的手势。他的第一次手势拆散了男人与女人。莉迪亚还清楚地记得她父亲匆匆忙忙从上衣口袋里掏出她和她母亲的身份证明递到她母亲手里的细节。他不知道所有从门格尔医生面前走过的人都已经不再需要证明自己的身份。而门格尔医生的第二次手势同样致命,它拆散了年长和年少的女人。我不知道莉迪亚对母亲最后的记忆是什么。我不想打断她的思路。她说那一天是1944年6月3日。她肯定那一天就是她父母共同的忌日。

据说奥斯维辛集中营德国指挥官的官邸里常年环绕着巴赫的音乐,就像我走进的莉迪亚的客厅一样。诗人策兰据此写下了他的成名作《死亡赋格曲》。我不知道莉迪亚是否知道这位诗人和他的这篇作品。在这篇作品中,一个语句反复出现,将"德国"、"死亡"与"大师"变成了一个三位一体的噩梦。听,诗人这样写道:"死亡是来自德国的大师。"

在走出莉迪亚房门的时候,我突然又好像听到了莉迪亚对

"杀人魔王"的感叹:"他长得真漂亮!"我突然觉得策兰不朽的诗句就是这感叹的回音。

父亲的"遗嘱"

七十五年之后,艾历克斯仍然清楚地记得父亲的"遗嘱"。当然,他也清楚地记得围绕着那急促又低沉的"遗嘱"所发生的一切:已经进入梦境的街道突然被密集的马达声和叫喊声惊醒。这是他从来没有经历过的喧嚣。接踵而至的是粗暴的敲击声和破碎声。整个布鲁塞尔犹太人聚集区的所有门户都被敲开了。在他们的家门被敲开的一刹那,父亲用急促又低沉的声音敦促道:"躲起来! 躲起来! 躲起来!"这一次,已经步入青春期的少年没有逆反。他躲进了地下室里那个只有孩子能够想到也只有孩子能够挤入的"缝隙"。就这样,他完全从父母的视野里消失了。就这样,他的父母也完全从他的视野里消失了。接下来,他听到了搜捕者越来越近的脚步声。接下来,他看到了从"缝隙"的边缘来回掠过的手电的光柱。再接下来,他感觉到搜捕者的脚步声好像越来越远。随后,他经历了他从来没有经历过的寂静……

年仅14岁的艾历克斯当然不可能知道那急促又低沉的敦

促竟会是父亲的"遗嘱"。这也许是人类历史上最简短又最紧迫的"遗嘱"。作为唯一的执行人和受惠者,成功的"立即执行"使艾历克斯从这字面上没有任何含金量的"遗嘱"里获得了无价的回报:他活了下来,而且一直活到了七十五年之后的今天。最近的一次中风让他的左手不停地颤抖,也让他的步伐变得有点迟缓。但是,他的思路还是非常稳健,他的记忆还是非常清晰。毫无疑问,他还在继续享受父亲的"遗嘱"带来的实惠。毫无疑问,他还将继续享受父亲的"遗嘱"带来的实惠。

回想起来,我们过去将近十六年里所有的交谈都是建立在偶遇的基础之上的,或者说都是即兴的。不过,因为已经产生对他进行非虚构的冲动,最近两个月的这三次偶遇都被我迅速转变成了刻意的采访。三次偶遇都发生在楼下的大堂里。艾历克斯的脸上总是会出现惊喜的表情。他也还是会像以前那样长时间地抓紧我的手。但是,他已经不愿意像从前那样一直站着说话了。寒暄之后,他会示意我与他一起坐到大堂门边的沙发上。而我马上就会乘机进入"工作"状况。这让我感觉到假"私"济"公"的尴尬。令我吃惊的是,艾历克斯对此并不介意。更令我吃惊的是,七十五年的时间跨度完全没有给他设置任何障碍。他的回答清晰、透明、鲜活,就好像他是在谈论刚刚经历过的日常生活。

第二天趁天还没亮,艾历克斯就逃离了德军以为已经被清零的犹太人聚集区。在随后的几个星期里,他在布鲁塞尔的街头鼠窜,直到最后被警察抓住。这一次,他是用机智的谎言躲过了关于身份的盘问。结果,他没有被送往关押犹太人的集中营,而是被送进了收留少年难民的孤儿院。战争结束之后的一天,他那位在第一次世界大战结束之际就已经明智地移民加拿大的伯伯突然出现在孤儿院的门口。他是专门回来寻找自己已经失联的亲人的。这个他从来没有见过的侄儿是他唯一的收获……

1995年夏天,在从阿姆斯特丹到巴黎的途中,我曾经在布鲁塞尔短暂停留。因为至今对城市中心广场一带的街道还有依稀的印象,每次跟随艾历克斯的记忆重返他的故乡,我的心中都会油然升起"在场"的亲切感。我尤其会忍不住将他与那座城市里最具传奇色彩的童星相比。那个伫立在广场边的一条小街上冲着慕名而来的游客们撒尿的孩子早已经成为世界和平的象征。在不同版本的传奇中,他的"杯水"都具有神奇的功效,足以扑灭的远不止"车薪",而是绵延经年的战火。我不知道艾历克斯对这种神功做何感想。在布鲁塞尔街头鼠窜的日子里,他应该不知道在城市的多少角落里留下过自己的"杯水",而历史的进程却没有因此发生逆转。让他饱尝国恨家仇的魔鬼最后要靠盟军和红军真枪实弹的夹击才得以降服,或者说那邪恶的战火需要正义的"洪水"去扑灭。毫无疑问,现实与传奇之间显然存在着巨大的差距。

艾历克斯是大楼里与我交谈得最早的邻居。我们的第一次交谈发生在我刚住进来之后的一个夜晚。距离现在居然已经将近十六年了。我首先看到的是一只狗,接着才看到跟在它身后的艾历克斯。他主动与我寒暄。他称那只体态雍容华贵的狗是他的"女儿"。我们开始的问答不过是色调平淡的套话。而当知道我来自中国之后,交谈立刻就改变了颜色,变成了令人亢奋的"红色"。我们先是逆中国历史的长河而行,从轰轰烈烈的经济腾飞谈到轰轰烈烈的"十年动乱",从轰轰烈烈的抗美援朝谈到轰轰烈烈的土地改革,从轰轰烈烈的解放战争谈到轰轰烈烈的万里长征……后来我们甚至又谈到了那辆驶向芬兰车站的列车和那个"徘徊在欧洲大陆上的幽灵"。这时候,艾历克斯显得非常激动。他说他一直相信共产主义是人类最崇高的理想。但是,他马上又说,成为一名真正的共产主义者却是世界上最难做到的事情。他不相信有任何人做成了这件事情。他的悲观结论再一次肯定了现实与传奇之间的差距。

很难想象这是发生在一个充满寒意的初春之夜的交谈。很难想象这是发生在不同民族的两个陌生人之间的交谈。很难想象这是发生在二十一世纪的交谈。很难想象这是发生在一个福利资本主义国家里的交谈。就是在这"红色"的交谈里,我第一次听艾历克斯提到了他的父亲。他是一个思想激进的矿工。他经常带着年幼的孩子去参加他们充满激情的聚会。在聚会的时候,艾历克斯像所有参加者一样戴着红领巾,高唱《国际歌》……这些记忆犹新的意象对我有更深的触动。我告诉艾历克斯,我们生长在不同的年代和不同的国度,可是我们的童年却有许多的相似之处。

哪怕是最粗心的读者也应该能够从上面这两段提到的细节里看到艾历克斯与我的一部长篇小说的联系。是的,早在十年之前,艾历克斯就已经进入我的虚构世界。他是小说叙述者那位名叫"鲍勃"的可爱邻居的生活原型。鲍勃在小说的引文部分就已经出现。他更是小说的第二个故事(《一只狗》)和第二十七个故事(《一堂汉语课》)里的主人公。小说第二个故事从鲍勃的"女儿"去世半年之后的地方开始,而其中的大部分内容却是叙述者关于他们四年前的那"第一次交谈"的回忆。那是与我和艾历克斯之间的第一次颜色相同、内容相近的交谈。在交谈的一开始,鲍勃就将他对中国最初的激情归功于他"儿童时代的偶像"。那实际上也是叙述者本人儿童时代的偶像。不过,与我年龄相仿的叙述者在听到那个振聋发聩的名字的时候感觉到的已经不再是敬畏或者欣慰,而是迷茫和困惑,对现实的迷茫和对历史的困惑。他第一次意识到生长在不同年代和不同国度的生命可能因为共同的偶像而拥有相似的童年记忆。

那部长篇小说由三十二个盘根错节的故事组成,其中所有故事的题目都以单数的量词开始(如《一个女孩》、《一个幽灵》等)。这单数的量词实际上包括两个所指:一个是表面的所指,一个是深层的所指。以《一只狗》为例,它表面的所指当然是被鲍勃当成"女儿"的那只狗,而它深层的所指却是被鲍勃视为"一只迷路的狗"的亲生儿子。因此,它实际上是一篇以"父子关系"为主题的作品。

父子关系无疑也是艾历克斯一生的主题。这首先当然是因为父亲的"遗嘱"。我经常想,不知道到底是从什么时候开始,艾历克斯才真正听懂了那急促又低沉的声音,或者说听出了那声音背后的绝望和奢望。那是对生命的绝望和对生命的奢望。我想也许只有从自己成为父亲的那一刻开始他才能够渐渐听懂和听出。那一刻应该是艾历克斯关于父子关系思考的又一个转折点。因为他有好几次就像以他为原型的鲍勃那样抱怨起了令他十分沮丧的儿子。从那些扑朔迷离的抱怨里我大概能够揣摩出困扰着他们父子关系的问题。我有时候甚至想,他对儿子的那种罕见的溺爱也许就是他的儿子最后让他感觉十分沮丧的原因。这一切似乎又都可以追溯到父亲的"遗嘱"。如果他的父亲不是以那样传奇又那样荒谬的方式离他而去,他或许会成为一个严厉的父亲,他的儿子或许会因此而成为一个令他骄傲的儿子。想到这里,我似乎又触碰到了现实与传奇之间的差距。

"高泰若"

他的第一份邮件于 2017 年 4 月 14 日上午 10 点 21 分进入我的邮箱。当时我正处在审核《白求恩的孩子们》英文译稿的最后阶段。每天都是同样的日子,或者更精确地说都是同样沉重的日子:起早贪黑、咬文嚼字、殚精竭虑……与译者没完没了的商榷和与编辑无边无际的争论已经让我多次触碰到厌生的情绪。这时候,来自陌生人的非垃圾邮件总是能够带给我一些安慰和欣喜。何况是这样的邮件:它的第一句话是对《深圳人》英译本的赞扬;它的第二句话是对《深圳人》原作者发出的邀请(而且是"下馆子"的邀请);而在邮件的落款处,陌生人还在自己原名的下方留下了自己的汉名。"高泰若"?! 我莞尔一笑。这显得稍过洋气和稍过老气的名字让我的脑海里浮现出一位儒雅的传教士。但是同时,我又从这个细节里清楚地看到了陌生人的纯真和质朴,也许可以给它们分别贴上"稚气"和"土气"的标签吧。这正好是我最欣赏的两种气质。我的精神为之一振,破例立即敲出和传走了我的回复:我的第一句话是对他的赞扬的由衷感谢;我的第二句话是对他的邀请的半推半就,因为见面的主要目的是讨论我们在蒙特利尔"蓝色都市文学节"上那场活动的细节,"大吃大喝"不利于集中注意力,我建议还是将见面的地点从中餐馆改为咖啡馆;而我的第三句话就是对他的汉名外交礼仪似的夸奖。直觉告诉我,这夸奖会迅速引起陌生人纯真和质朴的回应。

20分钟之后,他的第二份邮件进入我的邮箱。不出所料,邮件的第一句话就是对我的夸奖的回应:"我不过是希望自己能够像成语说的那样'稳如泰山'。"这显然是早有准备的回应。这当然也是透着纯真和质朴的回应。而更有意思的是,这一次,邮件落款处的汉名被汉名的篆体印章取代。这更让我忍俊不禁。我想到了总是迫不及待地将自己所有的"家底"都翻出来给客人们欣赏的孩子。所以,我对他的第三份邮件有了更强烈的期待。点开邮件之后,我的注意力直接就跳到了落款处。陌生人果然再出新招,将印章换成了他汉名中姓氏("高")的拼音。这三轮邮件的刺激对我也产生了"还童"的功效,我也开始迫不及待了:为什么我会同意将我们的见面安排在四天之后啊?!

"高泰若"译自"Taras Grescoe"。它遵循的是西名汉译的一种老套路:将西名中的姓依谐音直译为一个汉语的姓,将西名中的名依谐音意译为汉语的名。这里面当然有各种变体,比如"白求恩"这个响彻云霄的汉名就是仅仅对姓("Bethune")同时使用上面的两个原则得到的,而比他稍早一点到达革命圣地的同志与同行马海德汉名的名来自他的姓(Hatem),而汉名的姓却连埃德加·斯诺那样的头号"红色中国通"都不知道来自何处。

而我是通过英语的《蒙特利尔书评》知道"Taras Grescoe"这个名字的。那份一年出版三期的免费报纸因为在2016年夏季号上刊出《深圳人》英译本的第一个书评进入我的视野,而这个叫"Taras Grescoe"的陌生人是报纸随后一期(秋季号)的封面人物。报纸每一期都用专访的形式推荐一位刚有新书出版的封面人物。那是我第一次"看见"他。那距离他的第一份邮件进入我的邮箱还有差不多七个月的时间。我现在觉得自己通过他的第一份邮件对他的气质做出的判断很可能也受到了这第一次"看见"的影响。他纯真又质朴地站立在封面上。他带有异国情调(或者说不是特别英语)的姓名引起了我的注意,而他新书的名字更让我眼睛一亮:*Shanghai Grand*(《上海大酒店》)。这不仅是带有异国情调的名字,这"异国"还正好是我的祖国。书名的所指对我无需解释。可是这无需解释的所指却让我生活里的一个细节变得或许永远都无法解释:就在我第一次"看见"这位作者之前大约两个月,我为参加书展在上海停留了三天。其中的一天早上,我突然被一阵强烈的欲望驱使,第一次走进了这个书名的所指。我在那座据说有幽灵出没的"古老"酒店里观看和倾听,隐隐约约感觉自己未来的一部作品与它有特殊的联系。我最后还走进了关于酒店历史的陈列室里,并且在那里买了一本介绍邬达克在上海的建筑作品的小书作为纪念。

当然,在第一次"看见"他的时候,我并没有觉得这个细节需要解释,更不会觉得它无法解释。我留下了一份报纸,却并没有去读报纸上的采访。这个封面人物对我还只是陌生人。我对他会从什么样的角度去谈论位于外滩中心的和平饭店(沙逊大厦)也并没有很大的兴趣。只是到了将近五个月之后,当看到"Taras Grescoe"和"Xue Yiwei"这两个名字第一次以文学的名义出现在一起的时候,我才突然有了命运在敲门的感觉。那是2017年3月20日的中午,我作为获奖者应邀参加蒙特利尔"蓝色都市文学节"的新闻发布会。文学节活动的宣传册也在当天正式发放。这时候我才知道自己的颁奖仪式居然是一场长达90分钟的向读者开放的活动,其中包括一个长达60分钟的采访。而文学节选定的采访者就是我在《蒙特利尔书评》秋季号上看到的封面人物。

他的第一次邮件就是为定于4月29日晚上7点整开始的这场活动写来的。他觉得有必要在活动之前见一次面,彼此交换一下对活动流程和内容的想法。四天之后,我如约来到他选定的那个希腊咖啡馆。咖啡馆距离我的住处大概5公里左右。

正好符合我步行的标准。我提前 10 分钟到达。与咖啡馆的主人聊了一阵家史(也是店史)之后,我在靠窗边的一个位置坐下。他准时出现在我的视线里。从他在路边锁定自行车的动作,我意识到自己对他气质的判断没有任何误差。而寒暄过后,我对自己的判断就更加得意。他的举止儒雅、态度谦和、声音低沉……果然给人以稳重的感觉。我们的谈话就从那个与"泰山"相关的名字开始。我告诉他,他的名字如果是"高若泰"而不是"高泰若",就会更适合中国人的听觉。至于为什么,我也说不出理由。也许这就是所谓的语感吧。接着,我又玩笑着告诉他,如果那样,他马上又会被人误以为是当代中国经历最为坎坷的美学家的"堂弟"。他从来没有听说过"高尔泰"。但是我简略的介绍引起了他的兴趣。他将小笔记本推到我的跟前,让我写下那位"堂兄"的名字。在我们交谈的过程中,每遇到他不熟悉的人名和地名,他都会将小笔记本推到我的跟前。这是出于好奇还是出于认真?不管出于什么,我欣赏他这个纯真又质朴的习惯。

接着是我没有想到的签字仪式。他带来了他的 *Shanghai Grand* 和我的《深圳人》英译本:我在我的书上签好名之后将书还给他,他在他的书上签好名之后将书送给我。直到这时候,我才知道他这本书的主线是邵洵美与项美丽的离奇姻缘(注意,"项美丽"这个译自 Emily Hahn 的汉名的译法与高泰若相似，只不过用到了上海的方言）。我隐隐约约知道这段姻缘：男方是出自豪门又才貌双全的中国唯美主义诗人，女方是靠个人奋斗而鹤立鸡群的美国著名记者。更离奇的是，男方家有门当户对的正室，而女方是备受包括沙逊大厦业主在内的众多同肤色单身富豪追宠的名媛。还有，这离奇姻缘的媒介并不是令双方都热情澎湃的文学，而是令双方都神魂颠倒的鸦片。还有，这离奇姻缘最后让男方在中国身陷囹圄却让女方在美国名利双收……这是只可能发源于三十年代的上海和终结于六十年代的中国的故事。我好奇坐在对面的这个纯真又质朴的加拿大人会怎样向二十一世纪的西方读者呈现如此匪夷所思的故事。

我们的话题最后转到我正在核对的英文译稿。简单地介绍完《白求恩的孩子们》的内容和结构之后，我开始详细地介绍自己在最近两三个星期里与编辑之间的"恶斗"，尤其是为捍卫原作的美学风格而进行的那种你死我活的"恶斗"。我的介绍既像是控诉又像是倾诉，里面不仅饱含着写作的苦楚，还浸透着移民的辛酸。经过三十年的磨合，在母语的世界里，我与编辑的关系已经进入"良性互动"。我个人的美学风格基本上不再会遭遇俗见的质疑和折损。而在英语的世界里，这种关系仍然处于初级阶段，很容易陷入恶性循环，导致两败俱伤。在"恶斗"到白热化程度的时候，我经常会想起儿童时代在"忆苦思甜"的大会上高喊绝不愿意"吃二遍苦,受二遍罪"的大爷和大妈。我的控诉获得了完全的支持,我的倾诉赢得了充分的同情。这如此明确的反应不仅让我意识到眼前的这位加拿大同行也曾经遭受过和正在遭受着与编辑之间的冲突(用当年的说法,我们就是"同一条战壕里的战友"),也让我在开始阅读他的作品之前就完成了对他的文学品位和写作水平的准确定位。这时候,我对我们的第一场"公演"开始充满了信心,同时我对我们的未来也充满了期待。从此,这个年纪比我小一点、个子比我高一点的陌生人对我不再陌生。

志同道合的交谈激起了"春天般的温暖"。在徒步回家的路上,我感觉自己就像是蒙特利尔新添的一道春景。我还突然意识到,刚刚结束的交谈其实是自己在已经长达十五年的移民生活里与同行的第一次深入交谈。在这之前,类似的交谈发生过两次,但是,那两次坐在我对面的格尔·斯科特既是老师,又是异性,还可以称为长辈,而且她完全没有中国背景,交谈受制于种种天然的屏障。这是第一次与同行之间没有障碍的交谈,而且这还是东西贯通的交谈。

回到家里,我马上开始阅读他的作品。就像我对他气质的判断准确无误一样,我对他的文学品位和写作水平的定位也没有偏差。我欣赏他语言的考究,我欣赏他叙述的优雅。他是一个认真的写作者。他是一个优秀的写作者。而他对我们的第一次见面同样也非常满意。他表达满意的语句不仅再次显露出对中国文化的敬意,也继续散发着纯真又质朴的童趣。他说他这匹"马"因为见到了一只"杰出的龙"而特别开心。这共同的积极反应为4月29日的活动奠定了基础。那一天,文学节的小型报告厅里座无虚席,晚到的听众只能拥挤在门边那一块狭小的空地上。那一天,我表现得相当"反常":不仅特别放松也特别健谈,对采访者早已准备好的问题对答如流,与读者即兴的互动也妙语连珠。60分钟的采访伴随着不断的高潮很快就过去了。可是,听众都还意犹未尽。最后是靠着文学节组织者的三道逐客令,我才被从络绎不绝的问题里解救出来。关于这个"蒙特利尔的深圳之夜"后来深圳《晶报》做过详细的报道。那是我们第一次在中国的报纸上出现。不过在报道里,他的名字不是"高泰若",而是更接近原名的"泰若·格拉斯科"(这样,在保留他的部分汉名的同时,原来姓名的次序以及原姓的全部音节也得以保留)。这是我的建议。我认为,在外语中颠倒母语姓名的次序是殖民主义的遗毒。全球化时代的对外交流应该从"正名"开始。

但是,这"蒙特利尔的深圳之夜"最后并不是因为"乐"而是因为"悲"成为我将终生难忘的不眠之夜。这个夜晚的最后一幕再一次印证了外婆在我每次玩疯的时候对我的提醒。"乐极生悲"早已经在我身体的表面留下过不少的伤痕,这一次,它却是在我心灵的深处留下了永远无法去除的阴影。这就是生活，这就是生活中的"抵达之谜"。请允许我暂时留下这个空白。我将在走进下一座迷宫的时候再走近这一道阴影。

那一天分手的时候，我们言归正传，决定尽快"下馆子"，弥补这次活动造成的损失。但是，相互冲突的写作计划又让我们不得不一拖再拖，到5月18日中午才在他住处附近一个以法语"红星"为名的东北饺子馆勉强实现了这个愿望。那天他还邀来了他的一位朋友。那不同行的朋友是他经常同行的旅伴。他们甚至结伴去过印度。说到这里，他的朋友突然提起他们刚到克什米尔就食物中毒的往事。他们用谈论家常的方式"无意"地谈论这段往事，而我却成了"有心"的听众，情绪出现一阵激烈的波动。1989年4月25日在从长沙到北京的火车上，我曾经遇见过两位结伴而行的加拿大年轻人。他们都是多伦多大学的学生，其中一位学的正好是英语文学。一路上，我与那位学文学的学生有很多的交谈。除了文学之外，我们也谈到了政治和时局。当然，我也谈到了刚出版的《遗弃》。将那部作品送给一些有可能对它感兴趣的学者是我那一趟北京之行的目的之一。火车即将进站的时候，我将一本《遗弃》交给那位多伦多大学英语系的学生。他说他可以将它带回加拿大，交给对中国文学感兴趣的研究者。我们在站台上分手。我原以为那就是这萍水相逢的终点。没有想到7月3日的中午，一封来自克什米尔的信寄到了我在长沙的住处。写信人就是那位在火车上与我有很多交谈的加拿大年轻人。我流着眼泪读完那封信。我永远都不会忘记那样一个年轻人、那样一个西方人、那样一个局外人在克什米尔万籁俱寂的夜晚为曾经让他激动的北京写下的那些激情的文字。从很大程度上说,那是改变了我生活道路的文字。后来,我一直与那位纯真又质朴的年轻人保持联系,直到我的第一次文学生命夭折于1991年春天之际。来到加拿大之后,我曾经几次想去寻找那位现在也已经年过半百的年轻人,但是每次到最后我又决定放弃,因为我相信我应该会以一种更为神奇的方式与在1989年的夏天就已经将我的处女作带到了我现在的常居地的加拿大年轻人重逢。我总是说白求恩是我选择到加拿大来居住的原因。其实,这一段与1989年相关的特殊经历也同样应该是原因之一。

我们都不太满意在一个饺子馆实现"下馆子"的宏愿。但是,我马上要去多伦多参加多伦多公立图书馆为《深圳人》英译本组织的活动,接着又要回中国。他也有自己的许多写作计划要完成。我们只能将真正的满足推到夏天之后。不过,我们的邮件联系并没有中断。我们邮件的往来每次都很简短,这也许是我们在写作上都信奉节制原则的表现。但是,每次简短的往来里又会包含一两个语言的游戏。我不会错过他的机锋,他不会错过我的幽默。更让我感动的是,他的邮件通常是对我在生活中说过的话或者我在作品中说过的话的回应。有一次,他传来一张他刚在一座立交桥上拍到的一幅"革命"标语。他说《白求恩的孩子们》的叙述者没有错,蒙特利尔的确是一座充满"革命"气息的城市。有一次,他说他家里有一本伊塔洛·斯维沃(Italo Svevo)的代表作。他说原来不知道自己为什么会买那本书,现在他知道他是为我这个乔伊斯迷买的(后来成为大作家的意大利小商人斯维沃是乔伊斯在特里亚斯特流亡期间跟他学英语的学生)。他说下次一起"下馆子"的时候会将书带给我。还有一次,他告诉我下午准备到我推荐的那家唐人街超市去为他还处在学龄前阶段的孩子买我推荐的那种小笼包……这些纯真又质朴的回应当然是心心相印的见证。

可是在写作的节奏上,我们不仅从不相应,甚至还经常正好相反,这让我感觉非常滑稽。有三四次,他刚刚写完,我刚刚开始;又有两三次,我刚刚写完,他却又刚刚开始。而且他的写作项目总是逼他出发:他经常要到世界各地去查找资料,他的邮件也经常来自异国他乡;与此相反,我的写作总是将我困在家里,甚至可能连续几天都没有时间出门。

这个元旦的清早,我冒着严寒长跑回来,马上给他写去邮件,问我们是否可能在"最近的几天"见面。而他的回复居然是来自罗马。他说他要写一篇关于二十年代意大利法西斯主义兴起的文章,现在每天都在罗马的档案馆查阅资料。这一次,我们的错位倒是又让我看到了机会。我立即回复,请他留意档案馆里有没有关于陶里亚蒂的材料。我告诉他,在七十年代中期,我们家的书柜里曾经摆着一本名为《论陶里亚蒂同志与我们的分歧》的小书。"陶里亚蒂同志"因此不仅成为我思想"启蒙"的内容,还成为我时至今日的好奇。

与固执的分叉并列,我们的道路也不断出现神奇的交汇。去年秋天,我收到魁北克城一个历史悠久的文化中心的邮件,问我是否愿意接受邀请,在 2018 年春天去做一场关于我自己文学创作的活动。我欣然接受不仅因为这是我第一次收到来自魁北克城的邀请,更因为根据文化中心历史的介绍,第一次在那个舞台谈论自己文学创作的同行是众所周知的狄更斯(发出接受邀请的邮件之后,我马上从书架上取出那本耶鲁大学 2009 年版的狄更斯传记,很快就查到了那是发生在 1842 年 5 月 25 日,也就是距离我在同一地点的出现将近一百七十六年之前的事)。两个月后,文化中心负责人将活动的具体安排传给我。我吃惊地发现,将同时在舞台上出现的又是《蒙特利尔书评》2016 年秋季号的封面人物(我故意这样写是想带出我们的另一次交汇:我自己因为《白求恩的孩子们》也成为了那份报纸的封面人物,而且正好是在一年之后的 2017 年秋季号上)。

从 2016 年夏天走进上海最古老的豪华酒店到 2018 年春天走进魁北克城最古老的文化中心,我们的生活道路一次次神秘交汇。而这其中最重要的交汇开始于2017年的9月11日那一天。那是我最近一次从中国回来的一个半月之后。那一天我收到他的邮件的附件是一张《白求恩的孩子们》封面的照片。邮件只有两句话,第一句话是说他正在读照片中的这本书,而且很着迷;第二句话是问我在不在蒙特利尔。我感觉他有急事要找我,但是没有想到是如此特别的急事。在收到我的回复后,他马上写来邮件,告诉我《纽约时报》读书版的编辑约他写一篇关于我的文章,他需要再一次对我进行采访。采访的时间很容易就确定下来了,就是五天后的那个星期五下午。但是在确定采访地点的时候,我们之间却出现了分歧:他希望到我的住处来采访(他说他需要考察一下我的创作环境,同时他说那也是《纽约时报》编辑的建议),而我从来都拒绝在住处接受采访的要求。于是,一场妙语连珠的讨价还价在我们之间展开。最后我们相互让步,他同意在一个公共空间采访,我同意他在采访之后,来做"实地考察"。

后来我才发现其实采访时间的确定更为奇妙,因为它涉及到另一条叙述的线索。在他9月11日的邮件出现之前两天,我收到瑞典出版商的邮件,获知从斯德哥尔摩寄给我的《空巢》瑞典文版样书因"地址错误"而被退回原处。那两个星期,我一直都在等待"来自瑞典的邮包",没有想到最后竟会遭遇这样的问题。与我核对地址之后,出版商发现是他写错了我的房号

(写成了一个不存在的房号)。这本来不应该是什么大错,因为邮递员可以很容易根据正确的姓名查出正确的房号。但是,邮递员没有做最聪明和最有效的选择,而是做了最保守也是最愚蠢的选择。出版商马上又重新寄出了邮包。它居然应景似的在那个星期五的下午1点,也就是我们约定的采访前一小时抵达。我好像突然完全明白了"地址错误"的意义。前面的那一番周折原来都是为了等待这个特殊的时刻!我故意没有急着拆封。采访结束后,我带着采访者回到我的创作环境之中。他做完简略的实地考察之后,我们在面对着皇家山的阳台上坐下来。这时候,我将"来自瑞典的邮包"交到他的手上,让他将它拆开。刊发于11月17日《纽约时报》读书版上的那篇文章就以这个细节结尾。那么,请允许我也模仿着用它来做我这篇文章的结尾吧。

最后的午餐

这张点菜单上的字迹已经相当模糊了。不过我还是紧贴着台灯的灯泡,辨认出了上面的全部信息:餐馆的名称是"渝信工体店";餐馆的地址是"北京市朝阳区工体北路幸福一村西里甲5号";餐台的号码是"第25号台";就餐的人数是"2人";

下单的时间是"2016年10月31日11点45分39秒";点要的菜名是"夫妻肺片、重庆辣子鸡、清炒丝瓜、干锅有机花菜",主食是"两碗米饭"……2017年4月30日凌晨,我第一次噙着泪水从2016年最后一次回国的票据里翻出这张点菜单。我一定会写的这篇文章的题目顿时就浮现在我的眼前。但是,我没有马上将文章写出来。我写不出来。我一直都写不出来……我想这或许是因为那个正午离我太近,近到连服务员最后那一声"菜都上齐了"的确认都好像依然缭绕在我的耳边;我想这又或许是因为它离我太远,远到就餐者还在用虚拟的语气谈论那两场令整个世界都忐忑不安的选举。现在,整整九个月已经过去了,一种罕见的沉静突然出现在我心灵的深处。我终于有勇气将这个我一直不愿接受的题目存入电脑,还有这张已经模糊不清的点菜单上的关键信息。

坐在我对面的是一位与我有三种共同语言的法国女士。"林雅翎"是她著名的汉名,"Sylvie Gentil"是她著名的原名。我只是在最初的两次邮件里用"林雅翎女士"称呼过她。后来在所有的场合下,我都统称她为"Sylvie"(西尔维)。很可能就因为这样,我一直没有去想过她为什么会有一个与原名没有任何语音和语义关联的汉名。我知道,她不少的朋友都称她为"小林"。这肯定是来自八十年代的称呼,也就是来自她与北京最初的接触和与汉语最早的交往。但是,她能够让时间在这里停顿,这就是她的魅力。我相信,她不少的朋友现在谈论起她的时候还是称她为"小林",就像他们三十多年前在北京的一条现在已经不复存在的胡同的尽头相遇。

这是我乘坐加拿大航空公司的班机从多伦多抵达北京之后的第三天。这也是我在2016年的第三次抵达和最后一次抵达。而她当天晚上将乘坐法国航空公司的班机从北京飞往巴黎。那也是她那一年的第三次回家和最后一次回家。我们当然都不可能知道那离她一生中的最后一次回家也已经只有一步之遥。

长期朝夕相处的北京也同样是她的家。就像以前一样,我们首先还是约定在她位于幸福一村西里联宝公寓内的家里碰面。我为她带去了我们上次见面之后出版的长篇小说《希拉里、密和、我》。我们当然也都不可能知道她这是最后一次从我的手里接过我的作品。但是这部作品自己好像已有感觉。它与她建立起了一种特殊的关系:我在5月初那次抵达北京的第二天,《作家》杂志已经将刊登小说全文的样刊寄到了她家里。紧接着,出版社又将小说的清样寄到了她家里:她在北京的家成为了这部作品进入世界的必经之路。另一个更为奇妙的细节发生在她看到样刊和清样之前的两个月。当时我在伦敦,她在巴黎。我在电话里谈起了刚刚完成的长篇小说。她问我小说的题目是什么。我想给她留下一个惊喜,故意没有直接告诉她。但是我告诉她那是一个有点奇怪的名字,它由两个人名和一个人称代词构成。没有想到,她接下来的那一句话竟是:"那个人称代词一定是'我'。"

就像以前一样,我们事先只是说定要一起午餐,却并没有说好午餐的地点。照例在客厅里坐下交谈一阵文学之后,她开始做出门的准备。我们的话题这时候才接上地气:"我们去哪里?"我提醒她要穿足衣服,因为我刚才已经有所体会:室外不仅气温很低,还正在刮着大风。正因为这样,我也建议不要走远。这时候,她提到了联宝公寓的隔壁就有一家很大的川菜馆。我马上肯定那就是我们应该去的地方。我们当然也都不可能知道这会是我们"最后的午餐"。

入座之后,她从容地点上了烟。毫无疑问,点菜的难题又交给了我。我知道她不会点菜,也不需要会点菜,因为她的生活中有一位点菜的超级高手。我在2013年底阎连科做东的一次饭局上见识过她丈夫马丁的点菜功夫。他将厚厚的一本菜谱从头到尾翻了两遍之后,问了在座两位首次共餐的客人(一位蒙古学者和我)的忌口和偏好,然后迅速点出了一桌从口味、分量、搭配、价格甚至上菜的先后次序都考虑周全的佳肴。有几个外国人敢于在中餐馆如此耀武扬威?!又有几个中国人能够在中餐馆如此得心应手?!

我的生活中没有点菜的高手,但是这长期的空白却并没有助长我点菜的水平。我的水平至今还徘徊在"不浪费就好"的道德底线。好在我每次总可以找到同样的借口:我们在餐馆里坐下来的目的不是为了"吃",而是为了"谈"。这一天,我们交谈的范围还是很广。但是我们谈得最多的还是欧洲大陆上接连不断的恐怖袭击,她的祖国和加拿大的邻国即将举行的大选,以及英国脱欧之后的未来(她的妹妹和我的姐姐都住在英国,那个国家的前途与我们的关系似乎同样"厉害")。2016年的确是一个自始至终都令整个世界忐忑不安的年份。而我们在表达担忧的同时都说了一些偏激的话,比如这个世界已经不适合居住或者不值得留恋。我们当然也都不可能知道这些说法其实就有可能是不祥之兆。

我们也谈到了积极的方面:比如《深圳人》英文版受到的欢迎。她兴奋地说,英语世界的积极反响一定会对法语世界有所触动;又比如她正在翻译的那部随笔集的进展顺利。那是一部包括八位中国作家关于"过去"的记忆的随笔集。我的《外婆的〈长恨歌〉》也将包括在内。她提到了翻译那篇作品的难度,比如我一笔带过的背景肯定会让法国的读者感觉突兀,而加上足够的解释又肯定会破坏作品的节奏。我期待着这个难题的合理解决。我期待着自己的作品顺利进入普鲁斯特的语言世界。

更重要的是,我们还回忆起了我们的上一次见面。那是带给我很大惊喜和很深感触的见面。它发生在 5 月 9 日,也就是我 2016 年第一次回国后的第六天。这一次因为剧作家过士行、李静和我的一位英国朋友也要参加,我们事先约好了最后要去的餐厅:位于三里屯北小街上的"一坐一忘"。我如约在将近 11 点的时候赶到联宝公寓。没有想到门刚打开,主人就告诉我 Pascale(芭丝卡)来北京了,现在就在她家里。这是大惊喜!四天前我过来取样刊和清样的时候,她完全就没有提及 Pascale 会来北京的事。前一天在确认这一次见面时间的邮件里她也只字没提。她是故意想让我得到大惊喜。我与 Pascale 已经整整二十一年没有见过面了。我们的上一次见面是在 1995 年 5 月的巴黎。那时候,这位大家公认普通话水平足以胜任中央台播音任务的巴黎女孩是我们长沙著名的洋媳妇。这特殊的身份不仅让她的汉语水平更添异彩(据说她对长沙话也能够明察秋毫,所以我们这些长沙同乡都绝不敢当面说她的坏话),还让她对我个人的认识再往前推了二十三年。那一天,坐在巴黎郊外一座公寓楼的房间里,面对着窗外壮丽的落日,话题不知怎么就转到了我的童年。紧接着,我在 1973 年出演的那场独幕"闹剧"果然又被提到。大家的欢笑让我尴尬得面红耳赤。而 Pascale 的童年经历听起来就像是纯真的童话故事。她说她随父亲去咖啡馆的时候,经常在那个固定的角落里看到萨特的身影。

在前往三里屯北小街的路上,我既在交谈之中,又在交谈之外。那个在交谈之外的"我"深有感触地盯着身边这一对最要好的朋友。突然,她们又变成了那一对在八十年代的北京街头引人注目的巴黎女孩。她们对中国充满了激情,她们也对文学充满了激情。有一天,她们在杂志上读到一篇名为《红高粱》的小说,这两种激情迅速交汇成一种更大的激情。结果当代中国文学开始走进法兰西,开始吸引法兰西……三十年过去了,她们中的一个仍然在坚守着阵地,让更多的当代中国文学作品在普鲁斯特的语言世界里获得了新的生命;而她们中的另一个后来转向第二战场,让一部又一部当代中国的电影和戏剧作品在具有深厚电影和戏剧传统的国度赢得了观众的尊重。

那一天在"一坐一忘"餐厅里,我们三个坐一排,我坐在 Pascale 和 Sylvie 之间。这特殊的场景让我突然觉得自己与 Sylvie 的第一次见面事实上也可能发生在 1995 年 5 月的巴黎,而不是在十七年之后的北京。我想这种推后的理由可能就是因为我还没有写出令她激动的作品,比如《白求恩的孩子们》这样的作品。这当然是天意。但是我没有想到天意也会是如此的功利。而且在十七年之后的北京,我们的走近经过的也不是最简单和最直接的路线。那是 2012 年 5 月 17 日。那一天,我在建国饭店大堂的咖啡厅里接受英文版《中国日报》记者的采访。谈到《白求恩的孩子们》,我顺便提到希望它能够很快有各种语言的译本。有心的记者回应说她曾经在会议上遇见过两位从事当代中国文学的翻译。她马上找到了"林雅翎女士"和"李莎女士"(意大利语)的邮箱。当天下午,我就分别给两个邮箱发去了内容完全相同的简短邮件。邮件提了一句她们"也许听说过的"我自己,又提了一句她们"也许没有听说过的"《白求恩的孩子们》,最后又提了一句我马上要去上海参加五本新书同时上市的活动,希望返回北京之后有机会见面交谈。两段在我的文学道路上不可或缺的友谊就如此拐弯抹角地开始了。

现在我已经找不到 Sylvie 的第一份邮件。我清楚地记得邮件是以"林雅翎"落款。我也隐约地记得她当时不在北京。她当然听说过我,而且她对《白求恩的孩子们》也很好奇。我还记得她给我留下了家里的电话以及手机的号码。我的第二份邮件写于 2012 年 6 月 27 日。邮件的内容显示我们之前已经有过电话联系,而且已经确定在 6 月 29 日下午见面。最有象征意义的是:邮件的附件是《白求恩的孩子们》的第一部分。那当然是应她的要求附上的。两天之后,我们在工体西路南端西侧(法国文化中心对面)的木茶咖啡馆的平台上见面。地点是她选定的。我虽然从来没有进过那个咖啡馆,却对周边的环境并不陌生,因为我的一位姨外婆(我外婆最小的妹妹)就住在与咖啡馆相邻的工体西里小区,从咖啡馆的平台上都能够看到她的住处。而正如 Sylvie 在电话里告诉我的,那里离她家很近，她可以走路过来。那是我们的第一次见面。那是《白求恩的孩子们》一段没有终点的旅行的起点。

我直到四个半月之后才第一次听到 Sylvie 对这部作品的反应。而且，还是从我见到的一位大名鼎鼎的人物那里听到的。更离奇的是，还是在台北桃园机场接机口的附近听到的。那是 2012 年 11 月 14 日下午 4 点钟左右。我们从香港过来的会议代表首先抵达，而从北京过来的会议代表稍晚抵达。我们等到他们之后一起前往市区。那是我第一次看见阎连科。而他看见我之后说的第一句话就是："你知道我的法语翻译有多么推崇《白求恩的孩子们》吗?!"（大意）这不仅是来自普鲁斯特的语言世界里的佳音，还是用我倍感亲切的河南口音（我父亲的口音）传递的佳音。没有想到野心和乡愁竟会在一座孤岛上产生如此奇妙的共鸣。

从与 Sylvie 的第一次见面，我已经看清了她对语言和文学的激情。她的推崇不会让我感觉特别意外。我知道她读过也喜欢我送给她的所有作品（包括她从杂志上读到的《希拉里、密和、我》）。她有一天告诉我，《空巢》里面的许多细节让她想起她自己的母亲。她有一天告诉我，法国的读者会很着迷《十二月三十一日》。她有一天告诉我："你的写法是我们法国最优秀的作家的写法。"她有一天告诉我："你知道吗？翻译你的作品，我怀疑的是自己的法语。"

就在第一次听到她关于《白求恩的孩子们》的反应之后不久的一天，我突然收到她一份措辞有点着急的邮件，让我马上将《白求恩的孩子们》后面的部分也传给她。我至今也不清楚她那一天为什么会急于要看到后面的部分。我知道她手头有许多已经签好合同的翻译项目等待完成，所以从来没有奢望她会有时间来关顾我那部还无人认领的作品。有一段时间我甚至想说服Pascale来承担它的翻译任务。没有想到，大概是在2014年秋天里的一天，我们在她家的客厅里聊天的时候，Sylvie突然告诉我，她的翻译早已经开始。她用的是一种理所当然的语气，好像那本来就是她的工作，好像那并没有必要让我知道。我大吃一惊。一个靠翻译吃饭的人怎么会去翻译一部还没有翻译合同（也就是还不能保证她有饭可吃）的作品？直到这时候，我才真正理解了阎连科对我说的那第一句话的分量。也是从这时候开始，《白求恩的孩子们》进入了一段新的生命之旅。2016年夏天，Sylvie曾经将一部分译稿以及她向法国出版社写的推荐传给我。我们当然也都不可能知道在短短的九个月之后，这份译稿就将变成一份遗稿。

也就是从这时候开始，她好像变得比我自己更关心我的文学状况。我也是通过她才获得了关于自己的一些利好消息。有一天，她告诉我，法国有越来越多的人在注意我了。在接下来见面的时候，她很快从网络上找到了一篇关于我作品的法语介绍。我们都在等待转机的到来,而且我们都认为它即将到来。这是我们最后那些邮件里的两大主要内容之一。而另一个主要内容就是那一段时间在欧洲频繁发生的恐怖袭击。现在想来非常奇怪,那几次恐怖袭击发生的时候,她都在欧洲。我的邮件里频繁地出现一些内容相似的问句:"意大利的事对你的生活有影响吗?""南部的事对你的生活有影响吗?""柏林的事对你的生活有影响吗?"她总是马上就传来报平安的回复,同时也会认同我对世界的失望。我当然不可能知道真正能够影响到她生活的恐怖袭击其实并不来自身体的外部,而是来自身体的内部。不,那不是对生活的影响,那是对生命的威胁。可是,她自己为什么对此会毫无感觉?

她最后的邮件于2017年1月10日凌晨3点38分进入我的邮件。我最后的邮件于2017年3月20日晚上9点54分完成发送。我最后的邮件只有一句简单的英语和《深圳人》英文版获奖消息的链接。我们一直都是用汉语通邮。不过,每一份邮件又都是从法语的问候开始。而在这最后的邮件里,我突然连问候都改成了"Hello"。我能够从这里看出自己的绝望……可是这绝望并没有引来它仍在盼望的回复。这时候,我才真正感觉情况不妙。我开始给她中国的家里打电话,一次一次都没有人接听。我又给她中国的手机打电话,也同样没有人接听。我也试过她法国的手机,还是没有人接听。当时我正在核对

《白求恩的孩子们》的英译稿,每天身体都极度疲惫、心理都高度紧张。但是我继续加大工作的强度。我以为与词的纠缠可以抵制与Sylvie"失联"引起的绝望。

现在,还是让我们再重新回到2017年4月29日的晚上吧。在文学节工作人员的催促之下,我的活动终于结束了。接着,我被工作人员带到文学节的书店。一些读者已经在那里排起了队,等候我的签名。刚结束的活动让大家的情绪都很亢奋。有两位读者在签名之后还追问了"刚才没有来得及问"的问题。这致使本来应该很快就能结束的签名持续了将近一个小时。2017年里的另一大魔幻就出现于这一段充满虚荣的时间。首先是第一位签名的读者。她报出的名字让我浑身一紧。我不相信我的听觉,让她再一个一个字母报一遍。我还是不相信我的听觉,伸出左手,让她在我的手心上写出她刚才依次报出的全部字母。眼见为实!是的,她的名字就是Sylvie。我一边签名一边对她说,我的法语翻译也是这个名字。我甚至提到我们已经"失联"一段时间了,所以她的出现对我就像是一个隐喻,一个报平安的隐喻。大概又过了三四位读者,一位女士也希望我能够写上她的名字。她报出的名字又让我浑身一紧。我不安地向她伸出左手。是的,她说是的,就是那样写的。最后签名的是一位中年男人。他问我能不能也签上他妻子的名字。他说她刚才也参加了我的活动,非常欣赏。他接着又露出有点不好意思的表情,解释说她现在在酒店的餐厅里排队,因为他们还没有吃晚餐。我其实已经不需要再写出下面的这个句子了:是的,他妻子的名字也是 Sylvie。

那是"蒙特利尔的深圳之夜",但是在回家的路上,我不仅感觉不到深圳初夏的湿热,反而感觉到一阵又一阵固执的寒意,好像蒙特利尔正在遭受"倒春寒"的袭击。甚至坐进公共汽车之后,我的感觉还是那样不好。我用身体紧紧地贴住座位。我将双手紧紧地合在一起,合在胸前。我想这样也许能够保住自己的体温。我想这样也许能够让手心上的名字察觉不到那固执的寒意。

回到家里,我匆匆打开电脑,进入邮箱。出现在眼前的是 Pascale 费解的邮件:"小林,Sylvie 走了。"将近半个世纪以来,我第一次对母语感觉如此地陌生。我一遍一遍地重复这简短的语句,却还是无法理解其中唯一的那个动词。

我至今也难以接受"蒙特利尔的深圳之夜"以这样的方式结束。给 Pascale 的回复 0 点 16 分发送。我提到了刚才在文学节书店里与"Sylvie"的离奇相遇,我提醒她节哀。然后,我噙着泪水翻出了这张点菜单。这篇文章的题目顿时浮现在我的眼前。我开始与国内的朋友和媒体联系。我想表达,我需要版面。但是最后,我还是选择了沉默。因为我知道在纪念活动中应该去谈论的是逝者已有的成就,而不是逝者未竟的事业:我担心我的表达会改变气氛,甚至让逝者难以安息。是的,逝者著名的原名将不能以《白求恩的孩子们》法语译者的身份进入未来的历史,这无疑是这一段文学奇缘的巨大遗憾。另一个与此相关的遗憾是我们一直以为有一天我们会一起匆匆从巴黎的街头走过,走进一家著名出版社的大门。离这个"以为"最近的一次是2016年2月底和3月初的那两个星期。她在巴黎,我在伦敦。她已经将《白求恩的孩子们》推荐给萨伊出版社(她刚为他们完成了莫言《红高粱家族》的翻译),正在等他们的回应。她一直没有等到他们的回应。

每上一道菜,服务员就会用圆珠笔将那一道菜名划掉。全部菜名都被划掉之后,服务员用例行公事的语气大声说:"菜都上齐了!"我和Sylvie会心一笑,继续我们关于未来的话题。现在,那些歪歪斜斜的短线比点菜单上的任何信息都要清晰,好像是继续在向我发出"终结"的暗示。而另一个细节却明显是对这种暗示的抵制。我通常留下的是结账单,这一次却留下而且只留下了点菜单。这首先意味着我无法知道这顿午餐结束的准确时间,这更让我感觉它好像不是最后的午餐。

我记得我们在凛冽的寒风里道别,就在联宝公寓的门口。我祝她一路顺风。她说将来一段的生活会有点乱。因为马丁已经回德国工作去了,她将来每年会在欧洲待更长的时间。不过,她说3月份应该会回到北京。我说那时候我也有可能回来。我说这家餐馆不错,我们下次就还是到这里来午餐。当然说不定我们很快就会听到关于《白求恩的孩子们》的好消息,我们都这样期待。那样的话,我们下一次见面的时间就会提前,地点就会改变。我们一直盼望着将来在普鲁斯特的语言世界里的见面。

然后,她看着我坐进了出租车。保留的出租车票锁定了出租车起步的时间。那是 2016 年 10 月 30 日的"13 点 59 分"。我们当然也都不可能知道那就是我们永别的瞬间。

等到郁金香盛开的时候……

"纪念碑"

第一次在电梯里遇见苏朵女士就已经感觉到她的与众不同。但是,一直到第一次与安德烈一起在电梯里遇见苏朵女士才知道她有多么的与众不同。

我说的是《异域的迷宫》里的那个安德烈:那个政治挂帅的安德烈,那个拿着加拿大护照周游世界却不愿意承认自己是加拿大人的安德烈,那个朝思暮想着魁北克独立的安德烈。那一天苏朵女士走进电梯之后,安德烈的语气和举止突然发生U-turn,从稍微的居高临下变成完全的高山仰止。从他那迅速膨胀的民族(魁北克)自豪感我马上就意识到了经常在电梯里遇见的这位身材超级袖珍的老妇人有多么的与众不同。苏朵女士显然很习惯突如其来的敬意。她的举止保持着一贯的端庄,她的语气保持着始终的优雅。甚至在她离开之后,那端庄和优雅的光彩依然在电梯里荡漾。"知道这位女士是谁吗?"安德烈用充满民族自豪感的语气问。还没有等我给出否定的回答,他就用同样的语气给出了问题的答案:"她是我们的纪念碑。""我们"当然指的就是他们,他们那些充满民族自豪感的魁北克人。

十五年之后的 2017 年 3 月 28 日清晨,我在半醒半睡的状态中按下枕边收音机的开关。加拿大国家广播公司的新闻节目里正在播报苏朵女士刚刚去世(而且还是"无疾而终")的消息。法语加拿大世界里最漫长(长达七十五年)的演艺生涯从此画上了句号。新闻的最后是市长、省长和首相的反应。他们在哀悼的同时,代表各级政府对逝者表示感激,感激她用激情和艺术给好几代加拿大人带来的"欢笑和眼泪"。葬礼的时间和规格也已经定下,苏朵女士将在五天后享受魁北克最高级别的葬礼。

我马上坐了起来。苏朵女士停止呼吸的瞬间距离她 96 岁的生日还有二十四天。如此的"早逝"应该出乎不少听众的意料,也令我感觉突然和伤感。我已经不太记得上一次遇见她是在几个月之前了。那一天,我帮助她走出大楼的大门,又帮助她坐进已经等候在门口的出租车。她的身体状况与两年前(93 岁的时候)已经大不一样。那时候,她仍然活跃在蒙特利尔的戏剧舞台上。有好几次,我看到她一边在楼下大堂里等出租车,一边捧着剧本练习自己的台词。我最后一次看见苏朵女士的时候,她的确显得有点虚弱了。但是,却并没有虚弱到妨碍我去想象魁北克人将会怎样为她庆祝一百岁生日的程度。

我决定去楼下找长期负责我们这一栋楼卫生的清洁工,他每天都看着邻居们出出进进,也熟悉所有的生老病死,是标准的"信息中心"。我想他一定能够告诉我苏朵女士临终前的情况。走出电梯,果然看到清洁工在大堂里与过来巡视的小区保安谈论着什么。走到他们身边,我才知道那不是谈论而是争论。他们在争论苏朵女士一生里有过几次婚姻。保安对清洁工的统计将信将疑,但是,他显然又慑于清洁工的资历和自信,很快就不再为他们之间仅有的那"一次"误差力争了。"反正她对男人很有吸引力。"他最后用发自内心的称赞弥补自己在数量上的损失。清洁工也连连点头称是,争论双方在有目共睹之处达成了共识。我不想再问什么问题了。在上行的电梯里,我回想着在这么短的时间里因新闻而起的"喧嚣和骚动":从政治家的感激,到老百姓的好奇,到我这样一个来自地球另一侧的"局外人"的震惊。我甚至想到如果安德烈还在世的话,作为话语权介于政治家和老百姓之间的知识分子,他又会有什么样的反应……我突然觉得这是一篇可以用"纪念碑"为题的小说。它应该不需要借助特别的技巧就能够触动读者的心灵。

我对苏朵女士的敬意与她是"纪念碑"没有什么关系,与她的"吸引力"也没有什么关系。我的敬意来自她最平凡的身份,或者说一个女人最平凡的身份。这身份本来对一个女人从事的职业没有特别的要求,但是命运却偏执地让苏朵女士进入角色的过程带上了戏剧性。37岁那年,她通过第二次婚姻生下一对双胞胎女婴,获得了母亲的角色。作为魁北克戏剧和影视界的超级明星,她当然是与众不同的母亲。但是,她完全没有想到自己会是如此与众不同的母亲。四十三年之后,当她与我第一次相遇的时候,其中的一个孩子就紧跟在她的身边。她虽然没有任何"吸引力",却有可能会比她的明星母亲更吸引人的注意。她显然对此有清楚的自知之明,刚走进电梯就迅速躲到了母亲的身后,并且用手捂住自己的脸,就像是一个极度害羞的孩子。"没有关系,凯特琳。"母亲用充满母爱的语气安慰和鼓励自己的孩子,"没有关系。没有关系。"那是我第一次听到那给好几代加拿大人带来过"欢乐和眼泪"的声音。

与凯特琳同时来到世界上的那个女孩不需要母亲用这样的语气来安慰和鼓励。她继承了母亲的外表、才华和事业,也是著名的戏剧和影视演员。知道这双胞胎的不同遭遇之后,我经常会去想象苏朵女士"与命运相伴的生活"。这种生活一定会让她对自己扮演的各种角色有更深的理解更多的同情,也一定会让她对通过舞台赢得的鲜花和掌声有更深的领悟更多的感激。这种生活也将苏朵女士推上了一个意想不到的舞台,让她获得了一个意想不到的角色:她成为了魁北克智障者的代言人,将大量的时间和精力贡献给了提高智障者福利和捍卫智障者尊严的事业。她甚至还设立了以她的名字命名的奖项,鼓励社会对智障者的关爱。苏朵女士这毕生的激情让我想起与她遭遇共同命运的赛珍珠女士和戴高乐夫人。

作为母亲,苏朵女士从不掩饰自己对孩子的偏心。她说自从生下凯特琳之后她们一天都没有分开过。每天清早,邻居们都会看到她将凯特琳送上在大楼门口等候的特种学校的校车;每天下午,邻居们也都会看到她在同一个位置等候特种学校的校车将凯特琳送回。她对凯特琳在学校和家里的表现总是赞不绝口。她从来没有抱怨过这个永远都需要她像孩子一样呵护的孩子占用了她太多的时间和精力。她因她自豪。她为她骄傲。哪怕在凯特琳表现得最不好的时候,她的这种自豪和骄傲都绝不会动摇。这与她的"演技"无关,这与她的信念相关。比如我注意到凯特琳对陌生的异性尤其敏感。他们的出现会使她顿时失去安全感,做出激烈的反应。"没有关系,凯特琳。"苏朵女士总是这样安慰和鼓励自己的女儿,"没有关系。没有关系。"这声音至今在我的耳边回荡。它不仅洋溢着善意和真情,还饱含着自强不息的美感。

有时候,我会去想凯特琳"今后"怎么办,也就是苏朵女士"百年"之后。这种"今后"没有出现。大概在 2010 年的冬天,有连续三四天的早上,我看见苏朵女士独自在楼下的大堂里等出租车。我终于忍不住问了我想问的问题,因此知道了凯特琳已经住院的消息。随后很长的一段时间里,每次遇见苏朵女士,她都会简单地介绍凯特琳治疗的进展。有一次,她甚至告诉我凯特琳很快就会回来了。但是她最后没有回来。告诉我凯特琳去世的消息的那一天,苏朵女士特别强调她是一个懂事的孩子。是的,抢在已近90岁的妈妈之前离开就是这个孩子的懂事。是的,半个多世纪之后将妈妈重新完全地交还给观众就是这个孩子的懂事。是的,最后让妈妈能够自由地度过余生就是这个孩子的懂事。

回想起来,在将近十五年的时间里,尽管我们有过不少的交流,我与苏朵女士却始终保持着明显的距离。我想这里面有两个重要的原因:其一当然是我很早就已经知道她的"高度";其二则是她一直表现出来的那种对语言的"顽固"。我从来没有听她说过英语,而我的法语本来就说得吃力,面对说话像道白一样的明星自然就更没有底气。正是因为这种距离,我从来就没有在苏朵女士面前暴露过自己的艺术人生。我们都是靠语言为生的人,而我们的交流却更像是一种行为艺术,语言只占很低的比重。

不过,两次特殊的交流让我隐隐约约感觉到苏朵女士对我特殊的信任。第一次与她的传记有关。苏朵女士名为《与命运相伴的生活》的传记正好在凯特琳住院的那一段时间上市。有一天,我在电梯里与她谈起我对这本书的兴趣。她突然主动说可以送给我一本。这让我感觉意外,当然更让我感觉兴奋。接着她说她可以将书从邮件口塞进我的房间。我马上将房间号码告诉她。她马上重复了一遍,似乎确信自己已经记下。在接下来一次遇见的时候,她问我收到书没有。我大吃一惊,因为我一直处在等待的状态。苏朵女士又问了一遍我的房间号码。接着说她可能是将书塞进一个错误的房间里去了。她说她可以再试一次。我知道她每天都要跑医院,用很肯定的语气说还是忙过这一阵再说吧。可惜后来这件事就再没有提起过了。现在也就成了终生的遗憾。

第二次特殊的交流是我们之间那一次最"亲密"的接触。一个寒夜,大概已经10点多钟,我看见苏朵女士提着刚从超市买来的东西缓慢地走在冰冻的路面上。我迅速跟上去,问她需不需要帮忙。没有想到,她很自然也很优雅地将右手提着的东西递了过来,然后又很自然也很优雅地用左手扶住了我平抬起的右手。我们就这样慢慢走回到了我们大楼的门口。一路上,我夸奖她90多岁了还能独自在天寒地冻的夜晚出来购物,我想这比登台表演的难度系数更大。我甚至提起了我那位在95岁的时候还能够一字不漏地背出《长恨歌》的外婆。与"纪念碑"如此亲密的接触让蒙特利尔寂静的寒夜好像变成了一个人生的舞台。

我原以为这特殊的信任是建立在我对凯特琳的关心和对苏朵女士本人的敬意基础之上的。后来我才知道这其中可能还有更特殊的原因。第一次与我的法语翻译见面的时候,我谈起了一些邻居的情况,自然就谈到了同样是她心目中的"纪念碑"。这时候我才知道苏朵女士与中国的特殊联系。原来她的女婿(也是她的传记作者)是加拿大法语世界里最著名的驻外记者。八十年代中期(成为苏朵女士女婿之前),他曾经代表加拿大国家广播公司在北京工作过三年。他关于中国的报道让无数的魁北克人做起了"中国梦"。后来我又知道,这位加拿大法语世界里的头牌记者退休之后又被返聘成了外交家。2015年,他被任命为魁北克政府驻中国的代表。代表处的办公室就设在上海的南京西路上。也就是说,苏朵女士生命最后的那两年里,她接到过的大多数电话都应该是来自中国。也就是说,苏朵女士承认自己没有像爱凯特琳那样爱过的女儿让遥远的中国变成了她"与命运相伴的生活"中的一种特殊的颜色。

等到郁金香盛开的时候……

"等到郁金香盛开的时候,科亨先生的身影就一定会出现在小区的花园里。"在蒙特利尔漫长的冬季里,每次想起科亨先生,这春意盎然的语句就一定会出现在我的脑海里。

这已经是第四年了吧……自从科亨先生需要借助助步器行走的那一年开始,他已经大幅度地减少了曝光的频率。尤其是在漫长的冬季,在差不多从12月初到4月底的这一段时间里,我完全就看不到科亨先生的身影。有时候,我会想到很坏的情况;有时候,我会想到最后的可能……但是,春意盎然的语句总是接踵而至,并且迅速驱散刚刚集结起来的伤感。是的,等到郁金香盛开的时候,科亨先生的身影就一定会出现在小区的花园里。这是四年来被生活不断传诵着的美感,这更是四年来被实践反复检验过的真理。是的,这已经是第四年了,蒙特利尔盛开的郁金香从来没有传递过错误的信息。

看!那不就是科亨先生吗?!他在花园边的走道上。他推着他的助步器。他一步一步地走着走着走着……他的身体当然是更加虚弱了,但是他的身影却依然那样优雅。我兴奋地越过我们之间所有的障碍(台阶、土堆、积水),冲到他的身边,就好像是越过了整个的冬季,漫长的冬季。就在我的手指碰到他肩膀的一刹那,科亨先生优雅地停了下来。接着,他优雅地转过身,优雅地伸出手。他似乎也在等待这伴随着郁金香的盛开而必然到来的时刻。"我还活着。"他微笑着说。

每次与科亨先生紧握着手,我都会想起我们的第一次见面。那是发生在十五年前的生活细节。那是发生在桑拿室里的生活细节。与小区游泳池相联的桑拿室大小不足 9 平方米,却有着深不可测的"景深"。在那里,词语经常会带着时光倒流,令如烟的历史从记忆的底部浮出,与室内弥漫的雾气缠绕在一起。这特殊的桑拿室曾经是我最重要的社交场合。而作为"历史裸露的地方",它后来也成了我的一部长篇小说里的一个重要场景。那一天,刚刚结束当天长距离游泳的科亨先生优雅地走了进来。在接下来的交谈中,我得知他是一位研究欧洲现代史的历史学家,也得知他每天还去他的"加拿大犹太人研究中心"上班(研究中心就在位于康克迪亚大学里的那座白求恩雕像的附近)。我还得知他热爱文学和写作,是犹太同胞卡夫卡的铁粉。更重要的是,我还得知他与欧洲现代史上最黑暗的一页有直接的联系:像无数罗马尼亚的犹太人一样,他也曾经被追随第三帝国的安东内斯库政权关进集中营……从科亨先生坚定的语气,任何一个听众都能够感知他旺盛的生命力和强悍的意志力。哈罗德·布罗姆在评论卡夫卡的时候特别强调他的作品弘扬的是"精神的不可摧毁性",而对科亨先生来说,肉体都好像是坚不可摧的。那一天,他的年龄已经是卡夫卡生命长度的两倍,可是他还在上班、还在写作、还在游泳、还在"活着"……

十五年之后,他还依然"活着"。每次说完这句话,科亨先生总是耸耸肩膀,做出无可奈何的表情,好像上帝在跟他过不去。是的,"活着"对科亨先生应该是一件不可理喻的事情,因为仅仅在罗马尼亚,就有三十万犹太人(其中当然包括科亨先生的许多家人和朋友)没有能够"活着"走出灭绝种族的集中营。

我知道科亨先生接着要说的话。那是他每年只做一个简单的加法就要重复一遍的话。"我就要满 97 岁了。"说完,他像往年那样摊平双手,仰望天空,好像是在质疑又好像是在感恩。

这时候,坐在走道尽头的科亨太太朝我挥手示意,并且大声说她前一段时间在报纸上看到了关于我的报道,而科亨先生的手又放到了助步器上,做出了准备再次出发的姿势。

我快步走到科亨太太身边,在她右侧的椅子上坐下。这是蒙特利尔初夏的黄昏。我们在带着寒意的暮色里轻松地交谈,话题在时空里穿越,一会儿过去,一会儿现在。而最让我感兴趣的当然是我没有看见科亨先生的这一段时间里所发生的事情。科亨太太告诉我,蒙特利尔最重要的犹太人组织最近给科亨先生颁发了奖章,表彰他对当地犹太社区做出的杰出贡献。这样的消息一点都没有让我感觉意外。让我感觉有点意外的是,当我问到科亨先生现在每天是不是还坚持阅读和写作的时候,科亨太太说他甚至还每天都去"上班"。她说犹太人历史研究中心的汽车每天中午都来接他,下班的时候又送他回来。他整个下午都在那里做义工。

一个将近 97 岁的老人还在每一个工作日都去做义工,这足以让所有的读者大吃一惊。但是,这不就是我所熟悉的科亨先生吗?!

我想起科亨先生曾经在十年前复印给我的那些个人材料。那其中包括他写的五首在我看来没有什么诗意的诗作。在其中一首题为"日出"的诗作里,他这样写道:"当第一缕玫瑰色的阳光在清晨出现的时候/我感觉我能够将整个的世界背在自己的背上。"他写下这诗句的时间是 2005 年的 1 月,也就是他已经 84 岁的时候。一个 84 岁时还有能够背负起整个世界的感觉的人在将近 97 岁时还每天去做义工显然并不违背生命的逻辑。而科亨先生在 84 岁还有那样的感觉也并不让我奇怪。他曾经告诉我在集中营里他从事的是最重的劳役。听他提及那往事令我最吃惊的是他的语气。它不仅一点都不阴暗,还充满了得意。科亨先生对他超级强壮的身体充满了得意。他肯定那是他仍然"活着"的秘诀。

我没有去计数科亨先生已经在走道上来回走了多少趟。最后,他终于在科亨太太跟前停了下来。他用优雅的态度问科亨太太,他是不是可以坐下来休息了。科亨太太挪动了一下左侧的椅子,抱怨说他早就应该坐下来休息了。科亨先生优雅地坐下来之后,腼腆地对我笑了笑,好像是不同意科亨太太的抱怨,又好像是抱歉自己不应该打断我们的交谈。

我夸奖科亨先生是世界上最老的义工。他不以为然地摆了摆手说他只是在那里坐着,什么也没有做。但是,他马上又补充说:"我知道他们需要我。"我顺势告诉他,我们都需要他,所以他必须"活着"。科亨先生又摊平双手,仰望天空,用无可奈何的表情表现出发自内心深处的得意。而科亨太太用那种总是令我感动的目光看着科亨先生。任何人都能够从她的目光里看到她发自内心深处的得意。

我想起两天前从位于皇家山北面的犹太人聚集区经过的时候,看到成群结队的男女老少穿着民族服装朝一个集会地点赶去。我问科亨太太知不知他们是去参加什么活动。她想了一下之后,侧过脸去用意第绪语将问题抛给了身边的科亨先生。而科亨先生几乎是不假思索地用同样的语言回复了她,接着,他又改用法语回复了我。他马上意识到我对法语不太习惯,又改用英语解释说那被称为"树节"的节日是犹太人迎接春天到来的传统节日。科亨太太端详丈夫的目光里显出更浓的钦佩。她显然非常欣赏丈夫的博闻和强记。然后,她侧过脸来,像一个淘气的少女一样对我做了一个鬼脸,好像是说:你相信这是一个快满 97 岁的老人的反应吗?!

天色渐渐暗了下来。趁着科亨先生起来做最后一轮运动,科亨太太上楼取来了科亨先生刚得到的奖章和蒙特利尔犹太社区的英语报纸对颁奖活动的报道。我很快地读了一遍报道。一个意外的细节引起了我的注意。我一直不知道科亨先生还有一个赖以为生的本职工作:他原来是一位会计师。等科亨先生走过来,我向他表达我的吃惊。他说他主要是通过自学而成为历史学家的。他又说他在负责犹太人历史研究中心的工作的同时其实一直都还在做着会计师的工作。他还用顽皮的口气问我是不是有兴趣成为他的客户。

我不知道他怎么可能在这样两个矛盾的职业之间保持平衡。会计师的主要责任是保持账面的收支平衡,而历史的账是谁都算不清的。在科亨先生给我看的材料里,有一首题为"母亲"的诗作。他在里面也清楚地表达过对历史的困惑。他说他母亲在66岁的时候离开了这"混乱"的世界,而半个多世纪之后,在他自己已经到了能够成为他母亲的父亲的年纪,他生活于其中的世界却还是一个同样"混乱"的世界。

科亨先生与科亨太太在罗马尼亚法西斯政府倒台后的1944年结婚。也就是说,他们至今已经在一起生活了七十三年。他们是我看到过的婚龄最长的人生伴侣。这不仅是一种数量上的成就,还更是一种精神上的奇迹。他们用如此的奇迹呈现这"混乱"的世界里罕见的和谐。他们端详对方的目光总是令我感动。那种目光显然就是那精神奇迹的实际影像。在那充满依赖和信任的目光里,我看到了关于"幸福"最精准的定义。

大海的尽头

那是《白求恩的孩子们》以"书"的形式降世之后的第一个

冬天。那是与前两个充满焦虑的冬天同样充满焦虑的冬天。那个冬天,我不仅要继续小心呵护《白求恩的孩子们》脆弱的文学生命,还同时在对沉重的"战争"系列作品进行艰苦的重写,身体和心智都处于临界的状态。与前两个冬天一样,每天清晨去皇家山上溜冰成为我不可或缺的"求生"手段。

因为时间太早,不管是在上下山的路上还是在溜冰的过程中,我和自己的同类都没有什么交集。与我相伴的只有红日、白雪、蓝天以及松鼠的身影和乌鸦的声音。但是在1月中旬,一个看上去大概与我年纪相仿的异性侵入了我独享的美景。她有一次出现在溜冰场的边缘,她有一次出现在冰场服务区的角落……我紧张地跟踪着"入侵者"清瘦的身影。突然,自己与大自然的和谐关系好像出现了一道裂痕。紧接着,我从冰凉的空气里嗅到了一股令我不安的气息:那是一种比孤独还要孤独的气息,那是一种比虚无还要虚无的气息,那是一种与世隔绝的气息。

那一天下山的时候,我注意到"入侵者"的身影就在前方10米左右的地方,而且它移动的速度低于我行走的速度。我们之间的物理距离逐渐消失……很快就到了擦肩而过的时刻。我主动地打了一声招呼。她最初的反应非常拘谨。但是当知道我也住在附近并且也经常上山活动之后,她的警戒水平降低到合理的位置。原来她在上个世纪末就已经在这一带居住,比我早了三四年。也就是说,我这个本世纪初才在这一带定居的新移民反倒是真正的"入侵者"。接着她说皇家山是她的"私家花园",她每天都会到山上来活动。这种说法又立刻拉近了我们之间的心理距离,因为从十一年前第一次走进皇家山的那一天开始,我也已经用同样的隐喻将蒙特利尔这一片最大的公共物业据为己有。我们踏着浅浅的积雪同行了大约五六百米,而我们的话题随着时间渐行渐远……她的英语说得很费劲,我的法语说得很吃力。按照女士优先的成规,我们的交谈以法语进行。

在随后的一个星期里,我居然有三次与她在住处附近的马路上相遇和同行。布满法语语病的交谈继续与时俱进。我很快就知道了她是出生和成长在魁北克的"本地人"。在我的经验里,出生和成长于魁北克却又说不好或者不愿说英语的人都具有顽固的魁北克情结,都是坚定的"爱国主义者"(当然,他们所爱之"国"不是加拿大,而是魁北克),甚至多半还是具有强烈独立诉求的"分离主义者"。而她的表现却与我的经验相悖。她不仅不是"爱国主义者"和"分离主义者",说起魁北克,她的脸上甚至还会出现不以为然甚至不屑一顾的表情。我想这可能与后天的因素有关:她告诉我,在蒙特利尔定居下来之前,她曾经长期居住在法国。借用法语文学作品的大名,她可以说是自己故乡的"局外人";这也可能与她桀骜不驯的天性有关:

尽管她的父母选用魁北克女性最普通的名字("米雪儿")来给她命名,她却从小就是我行我素的异类。除了与"国"的关系不和之外,她与"家"的关系也很紧张。她甚至不在意对我这样一个局外人张扬自己的家丑:她说她住在魁北克乡下的父母从她有记忆的时候开始就对她不好,而她与同住在蒙特利尔城里的姐姐也已经不相往来。

好像是在第二次相遇的时候,我暴露了自己的作家身份。我还提到自己的一部长篇小说正在被翻译成法语。我的自我暴露令她有点诧异又有点惊喜。接着,她投桃报李,坦陈自己也对写作非常着迷,而且已经有一本书出版,又正在写作另外的一本书。她关于自己那部已经出版的非虚构作品的介绍立刻引起了我浓厚的兴趣。我已经有很长时间没有读过法语的作品了,但是我很想读她的那部作品。我肯定她的文字会为我在皇家山上嗅到的那一股"令我不安的气息"提供准确的解释。接下来的那一次相遇好像就发生在三天之后。在即将分手的时刻,她从挎包里取出了她那部出版于 2004 年底的非虚构作品。

那部作品起源于一场悲剧,一场在整个加拿大都引起过震撼的悲剧。悲剧的主人公是上个世纪九十年代加拿大最具国际声誉的航海运动员。悲剧发生在"万德环球"1996—1997 赛季的途中。"万德环球"是单人帆船无停靠无协助的环球航海赛,被视为是国际航海运动的极限。1996—1997赛季共有十五名世界顶级的航海运动员参加。他们在1996年11月6日从法国西岸出发,首先沿大西洋南下。按照规定,他们将绕过美洲大陆的南端转入南太平洋西行,然后再绕过非洲大陆的南端重返大西洋,最后再北上回到起点。但是,悲剧的主人公没有能够回到起点。他在出发整整两个月之后的1997年1月7日与世界失去了联系。当时他的帆船处在全部参赛帆船的第二位。他在世界上最后的定位是南纬55度与西经124度的交汇处:那已经是接近南太平洋尽头的位置。而从他的帆船上发出的最后信息是:"海浪不像是海浪,而像是阿尔卑斯山的山峰。"这绝望的信息既充满了诗意又充满了杀气。在二十一年后的今天听起来还是同样地揪心。

悲剧的主人公没有回到起点就意味着他再也没有回到自己的伴侣和他们年幼的女儿的身边。在那部非虚构作品里,他的伴侣用忧伤的文字记录下了自己在悲剧发生之后将近两年的时间里在真实的大海上寻找爱人踪迹的经历。她选择的书名里的两个专有名词非常显眼:一个是最让她迷恋的人名,一个是最令她迷惑的岛名。那座令她迷惑的孤岛位于智利南端靠近麦哲伦海峡的入口处。在悲剧发生二十个月之后,智利海军在那里发现了她最迷恋的人驾驶的帆船。这特定的书名意味着在真实的大海上的寻找行动的结束。接下来的寻找将在

等到郁金香盛开的时候……

时间的大海里展开。那是以死亡为罗盘的寻找,那是以孤独为动力的寻找,那是没有尽头的寻找。

那部非虚构作品在我的书架上摆放了两年的时间。在将书交还给作者的那一天,她用平静的语气告诉我,直到现在,她在每天凌晨都还是会被充满惊涛骇浪的噩梦惊醒。接着,她又与我谈起了她那一段时间接二连三的死亡体验。其中最重要的两次体验都与空难相关。那两场空难与决定她命运的悲剧一样也是备受关注的新闻。我首先是从CBC的节目里听到那两次空难的消息的。其中一次的死者是一位国际知名的法国潜水运动员。她告诉我,那是她早年在法国生活的时候就已经结识并且一直都保持着联系的朋友;另一次空难的遇难者是加拿大一位著名政治家和他的六位家人。那位自由党政治家长期是代表我们居住的这个选区的国会议员,也曾经在自由党执政期间担任过政府的交通部长。她告诉我,与那位政治家同时遇难的妹妹是她的小学同学和一直都保持着联系的朋友……她说她非常困惑,不知道自己的生命为什么会与这么多离奇的死亡联系在一起。她的这种困惑让我想起了《白求恩的孩子们》的叙述者。他的生命也被许多离奇的死亡缠绕。他在小说里也表达过类似的困惑。

这时候,我终于知道了我从一开始就有强烈感觉的那一股"令我不安的气息"来自何处。它来自大海的尽头。它来自噩梦的深处。它来自她与死亡的神秘的联系。我相信,从爱人的无线电信号骤然消失的一刹那起,这个永远都无法逃离噩梦的女人就已经处于与世隔绝的状态,或者借用夏多布里昂在《墓外回忆录》里发出的感叹,她随后的生活就已经只是"记忆的幻影"。

不,应该不止是"记忆的幻影",因为她始于大海又死于大海的传奇里还有另外一个生命。他们年幼的女儿现在已经是一位亭亭玉立的职业女性。她为一些出名的电影节工作,一年中一半的时间住在法国,一半的时间住在蒙特利尔。有一天,我在马路上与母女两人迎面相遇。母亲用法语介绍我们。女儿用英语与我交谈。那是我第一次看见他们的女儿。她与我从那部非虚构作品中的照片里看见过的那个年幼的孩子当然已经没有什么表面的联系。从她阳光明媚的表情和表达里,我能够清楚地感觉到大海尽头的惊涛骇浪并没有波及她的生活。而且不仅如此。在她阳光明媚的表情和表达里,她的母亲也完全变成了另外的一个人。她不再是那一条在大海的尽头孤独地寻找着安慰和希望的美人鱼。她已经不需要寻找。她已经回到了日常生活的岸边。

与"梵高"为邻

第一次走进这套公寓房间的时候,我走进的只是一座"空巢"。按照租房合同的规定(这也是蒙特利尔租房的通例),除了冰箱和炉灶之外,甲方不负责为租户提供任何其他的电器和家具。那是 2002 年 3 月 1 日的上午。将整套房间查看了一遍之后,我靠在客厅粉刷一新的墙面上,想象着即将开始的新生活,从"零"开始的新生活。那个充满悬念的时刻距离我 38 岁的生日仅剩下三十九天的时间。

我当时绝对不可能想到在将近十六年之后自己仍然会租住在这同一套公寓房间里。如果透过这"仍然"去解读我的性格,解读者会给它贴上一个怎样的标签:固执?专注?懒惰?……现在,因为正在写作的这篇短文,我甚至想到了一个更极端的词——那个"最"极端的词。

这座公寓的每一层都有十二套结构不同、面积不等的住房。在将近十六年的时间里,我租住的这一层有九套住房经历过"权力的更迭"(其中的七套甚至是"频繁的更迭")。没有更换过租客的那另外两套分别在离我最远(过道的尽头)和离我最近(与我仅一墙之隔)的位置。离我最远的租户是一位来自英国肯特郡的英语教师。她青年时代(八十年代初期)就曾经到杭州任教,从那里开始了她随后三十多年的国际漫游。两星期前在电梯里相遇的时候,她告诉我,年底合同到期后,她不打算再续租了。她说她想到加拿大的西海岸去生活,或者干脆结束长年的漫游,搬回英国去。听到这个消息,我马上意识到从明年开始,一直与我在同一层生活又还将与我继续在同一层生活的就只有我的那位隔壁邻居了。

任何一个正常的人都肯定会凭借第一印象给我的这位邻居贴上"异常"的标签:他的身体臃肿、他的举止唐突、他的目光怪诞……他走路的时候身体左右摇晃,嘴里念念有词,而且还总是"目中无人",与周围的人(哪怕是迎面走来的邻居)几乎没有目光的交流。这些也许还不足以称为"症状"。在气压很低的日子,他的房间里经常会传出痛苦的嚎叫,甚至伴随着击打家具的暴响;而在电梯里遇见年轻的异性,他立刻会激动得不知所措。接下来的反应通常更加个性:他会慢慢转过背去,面对着箱壁,放声高歌。还有,他的生活节奏极为精准:每天都会在固定的时刻出门,在固定的时刻关灯……在正常人的眼里,这极度的精准也应该被视为是"异常"的表现。

第一次看到他的时候,我也立刻就注意到了他的"异常"。这给我刚刚开始的新生活蒙上了宿命的阴霾。我怀疑这是天设的不祥之兆。我怀疑这是命运的刻意安排。长期以来,"疯狂"一直被我视为是"最"极端的词。我对它充满了恐惧。我恐惧自己有朝一日也会尾随历史上那些偏执的同行走进它指向的黑色通道,不再回头,不再能够回头。

但是,时间和交流改变了我与隔壁邻居的关系,对"异常"的恐惧最后被对"超常"的惊叹替代。这近在咫尺的"疯狂"为我打开了一个奇妙的世界。

他阅读的宽度令我惊叹。文史哲的阅读尤其是他的强项。他主要用母语(法语)阅读,但是他关注的作品却是世界性的经典,关注的作家也都是国际级的大师。我们那些突兀又短促的交谈经常会达到意想不到的深度。比如那一天中午,看到他的手里拿着一本尼采的传记走在前面,我的好奇心迅速膨胀。我快步跟上去,打断他的沉思,问他喜不喜欢尼采的哲学。他的回答干脆利落。他说他不喜欢,理由是它"太残忍"。回答的时候,他就像是在自言自语,头都没有侧过来对着我。我感觉他没有交谈的兴致,故意放慢脚步,让他以一贯的节奏走远。但是,他简洁的回答在我的耳边不断重复。事实上,它至今还经常在我的耳边回荡。不知道为什么,我越来越觉得他的回答不是对天才的严厉批评,而是对天才的深切同情。我当然不需要通过他来理解尼采,但是他对尼采的理解却为我打开了他自己的世界。

他兴趣的范围也令我惊叹。他喜欢写诗、喜欢做饭、喜欢唱歌、喜欢下棋……有一天,他甚至穿着一件布满油彩的外衣走进了电梯,而且手里还拿着一块挤满颜料的调色板。这全新的形象令我大吃一惊。他注意到了我的反应。那显然也是他期待着的反应。他故意将调色板再举高了一点,好像是想引诱我做出进一步的反应。"你是画家?"我好奇地问。他得意地摇晃着身体,目光骄傲地投向电梯的顶部。在那之后不久,我甚至有了更多的发现。那天下午,在准备去跑步的时候,我看到他穿着同一件布满油彩的外衣站在大楼的出口。他双手提着一件用黑色塑料袋包好的扁平物品,张望着汽车驶入的方向。看到我之后,他表情里焦急的成分迅速降低,得意的成分明显增加。我马上就锁定了事情的性质。"你在卖画吗?"我好奇地问。他没有回答我的问题。他也没有将脸侧过来对着我。他的目光继续盯着汽车驶入的方向。但是,他用摇晃的身体和得意的表情给了我肯定的回答。

在这将近十六年的时间里,我从来没有听他提起过外出探亲、访友或者度假之类的事。事实上,我感觉他永远都只是在自己的房间里过夜。而且我也从来没看到过有亲人或者朋友前来看望他。不过节和不度假的人我并不是第一次遇见,但是,社会关系简单到零的人我以前却还从来没有见过。我猜测他的年纪在70后和80后之间,也就是说,他的父母完全应该还正常地生活在这个世界上。他们为什么不来看望他?他又为什么不去看望他们?他们"正常"的生活与他"异常"的生活之间为什么没有联系?……这些都是至今困扰着我的"存在之谜"。大概在五年前的一天,我差一点有机会触到这些问题的答案。那一天,我与他在马路上同行了一段之后,不知怎么谈起了我的父母。看到他还有点反应,我故意用很随意的口气问了一句他的父母住在什么地方。没有想到,他的脸上竟突然出现了惊恐万状的表情,就好像我的问题比尼采的哲学更加残忍。我顿时充满了自责。我放慢了脚步,让他以自己一贯的节奏走开、走远、走出我也许永远都无法知道的阴影和伤痛。

我感觉他对周围的任何人都没有任何的兴趣。这其中当然包括了他这十六年来的隔壁邻居。从这一点上说,我们的关系是完全彻底的不平等关系,因为我对他的兴趣超过了对周围的任何人。正因为他从来没有对我产生过兴趣,发生在2017年3月20日早上的事情才会显得更加不可思议。那天结束早餐后例行的散步回到小区的门口,我看到他摇摇摆摆走过来。这是经常出现的相遇。我完全没有在意。我知道他很可能就会像平常那样目中无人似的擦肩而过,或者顶多在擦肩而过的瞬间视而不见似的"Bonjour"(你好)一声。没有想到,他居然破天荒地在我跟前停下,并且用惊奇的目光直直地盯着我。这是我从来没有遇见过的情况。正在我不知道应该如何反应的时候,他突然大声说出了一个英语的名字,一个我几乎每天都要与之相处的名字,二十世纪最伟大的英语作家的名字。"James Joyce!"说完,他就摇晃着身体走开了。这突如其来的场面令我毛骨悚然。因为这一天是我与那个名字关系最为特殊的一天。两个小时之后,在蒙特利尔"蓝色都市文学节"的新闻发布会上,《深圳人》英译本获奖的消息将公布于众。我将这部作品献给"那位启迪我的爱尔兰人",而获奖的消息里也将会提到《深圳人》与《都柏林人》(那位爱尔兰人的作品)的关系。对现代文学史稍有知识的读者都知道,我的隔壁邻居刚才说出的就是那位爱尔兰人振聋发聩的名字。

这怎么可能?我的隔壁邻居根本就不知道我是谁,也完全不知道我与写作的关系,他怎么会在如此特殊的日子里突然挡在我的面前,大声说出令我感激的天才的名字,就好像是已经破译出我文学生命的秘密,就好像是故意向我泄露天机?我对他的兴趣更浓了……我想知道他是谁。我也想知道在他的视野里,我又是谁。我转过身,望着他越来越远的背影。突然,我就像《白求恩的孩子们》的叙述者一样,对"疯狂"产生了深深的敬意。

我始终不知道他的名字。但是,自从在电梯里看到他穿着布满油彩的外衣的那一天开始,我就悄悄给他贴上了一个天才的标签。

Who SHE is?

之所以急于走进这座迷宫不是因为我在进入前面那座迷宫的时候就已经走近了它,而是因为在刚刚离开那座迷宫之后不久,它用非常特殊的方式走近了我。也就是说,这一篇文章并不是出于我自己的决定,而是出于"被决定"。它"被决定"于2017年11月2日。根据当天日记的记载,我在加拿大东部时间上午10点30分左右"最后一次修改专栏文章,并给编辑传去"。这里的所谓"专栏文章"指的就是《与"梵高"为邻》最初的那个版本(那个只有2100字的版本)。接下来,我开始处理因为沉迷于写作而耽误的日常生活:擦厨房的地板,洗堆积的衣服,去图书馆还书和借书……中间还夹杂着简单的午餐和马虎的午休。傍晚(5点30分左右)坐下来写日记的时候,一阵敲门声打断了我。我开始以为那只是我自己的幻觉,因为在这有生以来居住时间最长的地址里,我很少被意外的敲门声惊动。再仔细听一下……再仔细听一下……我终于确定那不是自己的幻觉。我带着淡淡的疑惑走到门口。透过猫眼,我看到了租住同一层楼距离我最远的那套公寓的邻居。

我说她走近我的方式"非常特殊",不仅是因为我在刚刚完成的写作里第一次提到了她,也不仅是因为她在将近十六年相邻而居里的生活里第一次用敲门声惊动了我,而且是因为在猫眼限定的视野里,我不仅看到了她,还看到了她手上的那本书。在我将门打开的同时,她将那本书举到胸前,兴奋又简洁地说:"就是它。"

哪怕我只是这个场面的旁观者,这"兴奋又简洁"的表达也足以让我推测出其中相互面对的双方与这本书关系的深度。是的,早在八年前,我就已经知道了这本书。在我的印象中,它应该是一本介乎修生和养生之间的书,一本结合着南美元素(如印第安民俗和医术)与东方元素(如气功和瑜伽)来调理人的身心状态的书。八年来,在与这位有点奇怪的邻居仅有的三四次较长的交谈里,这本书一直都是主要的话题:它首先是一本将要写的书,它后来是一本准备开始写又好像永远都无法开始写的书;再往后,它是一本正在写和一本好像永远都无法写完的书;突然有一天,它变成了一本已经写完的书;再往后,它变成了一本正在寻找出版社和好像永远都找不到出版社的书……最后,寻找和等待戛然而止,它跟上时代的步伐,变成了一本即将通过亚马逊网站自费出版和自我推销的书。我理解她的简洁:苦心经营八年之久的项目终于变成了她紧握在手的实体,个中的艰辛肯定是一言难尽;我更理解她的兴奋:因为那个与奇迹绝缘的漫长过程终于结束,而另一个也许会伴随着奇迹的漫长过程已经开始。

我走出房门,接过她特意送来让我触摸的实体。这对我已经就像是一个奇迹:一个八年来仅仅存在于我们空谈里的话题突然变成了让我可以获得感官满足的实体。这是无中生有的奇迹。我看它、摸它、闻它……我也第一次知道了这本书的名字。在我看来,"Loving Who I Am"是与我关于书的内容的想象十分吻合的名字。但是,它要如何翻译成汉语?从英语上看,它无疑是一个非常简单又非常浅显的书名。可是其中的一些语言细节(如现在分词和关系代词)在这特定的语境里恐怕很难准确又完整地译进汉语……我之所以马上意识到翻译的问题是因为每次与她谈论起这本书的时候,我总是会想到中国的好奇心和购买力,我总是会提醒她将来应该"回"到中国去寻找她的读者:也许奇迹会在那里出现呢?!可是,我的提醒对她似乎并没有太大的触动。也就是说,她好像并不想做"中国梦"。我猜想这可能与她有过的中国经验有关。三十二年前,她曾经在中国生活过整整一年。那是所有人都穿同一种颜色的衬衣的中国,那也是无法与好奇心和购买力联系在一起的中国。

我再一次敦促她去做"中国梦"。我告诉她,现在的中国已经不是她生活过的中国。在现在的中国,"养生"是大时尚,而英语是大热门,她的两大专长会为她找到巨大的市场。她还是没有受到太大的触动。她说书已经出来她就不想再去管它了。她相信每一本书都有自己的命运。更何况她正忙于走出自己租住了十六年的住处,几乎每天都在清东西、扔东西,没有时间再去想书的事。

有意思的是,我们的交谈即将结束的时候,"梵高"居然从他的住处走了出来,尽管那并不是他每天固定的出门时间。锁好房门后,他摇晃着身体从我们旁边走过。他说了一声"Bonjour",但是却并没有抬头。我想起上午刚刚完成的文章。我在心中惊叹生活对写作的又一次呼应。这是我们这三个同住一层将近十六年之久的邻居第一次在楼道里的共同出现。这也应该是我们在楼道里的最后一次共同出现。这可能是比日全食还要罕见的现象。

我这位有点奇怪的邻居的祖辈在十九世纪末为了逃避当地政府对犹太人的迫害从乌克兰移居到英国。她自己在英国出生和长大,当然是地道的英国人。但是从18岁起,她就开始了浪迹天涯的生活。她首先在中东生活过一段时间。1985年因为一个偶然的机会与中国结缘,在杭州最好的中学任教一年。(这个经历让我突发奇想,作为那座城市里为数不多的外籍教师,她会不会有一天在西湖边的英语角碰巧帮助过渴望提高英语口语水平的未来的中国首富?)然后,她在香港工作了三年,为英国的驻港部队培训外籍雇员。然后,她去了日本。然后,她回到欧洲,在法国和瑞典生活了一段时间。然后,她去了南美。然后,她又回到了法国。最后,在我 2002 年初来到加拿大之前不久,她搬进了现在的住处。拥有这个固定的住处并不意味着漂泊的中断。她每年夏天都会到欧洲各地巡游,每年冬天也都要到南美的一个神秘山区去修炼。她告诉我,她现在的住处也是她有生以来居住时间最长的地方,与我的情况一样。但是我前面已经提过,她的合同将在 2017 年的最后一天结束。她不准备续租了。她准备继续漂泊。我好奇她的下一站是否已经确定。她说还没有。她说要"到时候"才知道。我不知道要到什么时候她才会知道。

我说她"有点奇怪"不是因为她从 18 岁开始就一直是一个漂泊者,而是因为尽管她长期在世界各地漂泊,世界对她却好像并不存在。我原来对自己与世界的距离充满了自信和得意。与她熟悉之后,我才领教了"大巫"的水准。比如在 2008 年的夏天我问她是不是看过奥运会的开幕式,她的回应是:"奥运会?开始了吗?这次是在哪里?"比如在去年的秋天,我问她如何评价前一天晚上美国总统大选双方的电视辩论,她的回应是:"怎么又选了?这次是谁跟谁?"她的生活只有一个中心,那就是"Who I am",她的生活也只有一种边缘,那也是"Who I am"(在考虑这篇文章题目的时候,我因此决定反串她选定的书名)。她对信息有令人难以置信的免疫力。她说她只按照她自己的感觉做她命中注定要做的事情。接着她还非常肯定地补充说,正因为如此,她从来就没有坏心情。

在我们相邻而居的这十六年的时间里,她有三次邀请我去参加她每年都在家里举办的圣诞聚会。前两次,我都找借口拒绝了。我总是感觉她的世界与我的世界相去甚远,尽管我们都与世界相去甚远。但是 2015 年接近圣诞节的时候,我的情绪突然出现激烈震荡并且多次触底。出于"治疗"的考虑,我决定接受她的邀请,去一个特别的世界体验短暂的平安。不出我的所料,她的朋友们也都让我感觉非常特别。我在她的客厅里坐了将近三个小时。最引起我兴趣的是坐在我身边的那个爱尔兰男人。他似乎是那个"朋友圈"里最受尊重的人。他开始并不积极。但是,关于世界末日的话题迅速将他激活。一场充满哲学意味的"布道"开始了。我和在场所有人一样,都屏住了呼吸。他说普通人之所以执迷不悟是因为他们看不到过去和未来,也就是说看不到世界的"大图景"……他用我从来没有见过的那种慢条斯理的语速"布道",他的每一个手势甚至他的每一次呼吸又都与那罕见的语速协调一致。那种细致入微的慢条斯理让他的"布道"充满神圣的感觉。这太不可思议了!我又悄悄发出了这样的惊叹:我没有想到会又一次在现实生活中与自己的虚构人物相遇,而且是在一个被陌生人包围着的平安夜。是的,我这是遇见了自己当天下午完成初稿的长篇小说

《希拉里、密和、我》里的那位睿智又神秘的"王隐士"。

晚安,克娜蒂娅!

两年前那个夏日的黄昏,从皇家山散步回来,我特意绕到小区最靠马路那一栋楼的背面:从那里的平台上可以看到小区花园的全貌。我很想知道令邻居们怨声载道的小区升级工程将小区花园升级成了什么样子。已经倚靠在护栏边的那位邻居听到脚步声,转过脸来,对我笑了笑。

又是她!前一年的夏天,我与这位以前从来没有遇见过的邻居也曾经在这里相遇,也是差不多这同样的时辰。当时,她也是倚靠在护栏边,在欣赏着花园水池里的那两只野鸭子。过去那几年,总是会有一对野鸭子在春夏之交飞到小区花园的水池边。公鸭在母鸭下蛋之后就飞走了,而母鸭会在水池边孵出小鸭子,并且抚养它们长大、训练它们飞翔。直到孩子们一个接着一个飞走之后,鸭妈妈才最后飞走……但是,那两只野鸭子情况特殊:那是鸭妈妈和她最后的孩子。邻居激动地指着水池说,那是一个残疾的孩子:它右侧的翅膀不能完全张开,一直都飞不起来。离正常飞离的时间过去将近三个星期了,鸭妈妈还在耐心地陪伴着这个残疾的孩子。她会一直等到野生动物保护协会的专家来将它的孩子接走之后再离开。

我问她是不是还记得我们去年的见面。她的反应说明她记得非常清楚。她的反应是一连串的抱怨。她抱怨利欲熏心的业主不应该对小区进行如此愚蠢的升级,尤其是不应该将花园里的水池填平。"还记得那些可爱的野鸭子吗?"她说,"它们再也不会飞到这里来了。"

我顺势问她会不会考虑搬走。我知道已经有不少的邻居因为对小区的升级强烈不满而选择了"逃离"。她的回答让我感觉有点夸张。她说她太老了,不想再搬家了。我马上想到与我住同一栋的那位82岁的老太太两天前都愤然搬走了。我选定的参考系让眼前的邻居得意地笑了起来。她让我猜她的年龄。看着她头上的墨镜、脚上的波鞋,看着她紧身的运动衫和健美裤,还有她结实挺拔的身躯和清晰宏亮的声音……我毫不犹豫地就猜出了她的年龄。我猜她比那位82岁的邻居至少应该年轻七八岁。

我的猜测更引起了邻居的一阵大笑。她告诉我,她出生于1922年,三个月前已经过了93岁的生日。

这怎么可能?!这怎么可能?!我一脸的惊诧并没有让她感觉惊诧。她说有一次去医院打预防针,所有的护士都坚持说她搞错了自己的年龄。她说有一次她在路上帮助一位脊椎已经有点弯曲的老人,结果发现那位老人比她自己年轻十五岁……她说她生活中这种荒唐的事情实在是太多了。她得意地说。从她得意的表情和语气,我能够强烈地感受到她对生活超级的乐观。我相信这超级的乐观就是她长寿的秘诀。她先是用笑声表示对我的认同。接着,她用有点认真的语气揭开了这秘诀之后更深的秘密:"知道吗?生活里没有任何事情值得去认真对待。"这应该是我在半个世纪的人生经历里听到过的最激进的"人生箴言"。我忍不住想拥抱她一下,就像拥抱我同样幽默和顽皮的外婆。

两天后的一个中午,从图书馆出来不久,我又遇见了她。在一起回小区的路上,我知道了她叫"克娜蒂娅",我知道了她是爱沙尼亚人,我知道了她第二次世界大战之后就来到了加拿大。我还知道了她每天清早起来要去墓地里喂松鼠。我还知道了她是蒙特利尔冰球队的铁杆球迷。她的步伐十分敏捷,她的思路异常活跃。紧跟上她的步伐和思路对我是一件有难度的事情。

在最后那个十字路口等绿灯的时候,克娜蒂娅突然谈到了她从前的住处,接着又自然地谈起了她从前的生活。她说她结过两次婚。比她大九岁的第一任丈夫在他们共同生活将近二十年之后撒手人寰。她在花甲之年第二次当上新娘。这一次,她吸取教训,用逆向思维挑选夫婿。没有想到,在共同生活了二十三年之后,年轻八岁的第二任丈夫还是先她而去。"你看,两种模式都不管用。"她用顽皮的口气说。"所以,你对男人彻底失望了。"我也调侃着说。"是啊。"她继续用顽皮的口气说,"还是自己一个人过靠得住。"

那天分手的时候,我暴露了自己的"作家"身份。克娜蒂娅非常兴奋,回应说她也写过自己的故事。她给我留下了电话号码,希望我抽空到她那里去点评她的写作。

如果知道自己将要读到的是什么样的故事,我肯定不会拖三个星期才走进她的客厅。那整洁和舒适的客厅让我自然地想到了钟点工。夸奖了两句之后,我问她的钟点工每隔多少天过来一次。这一次,她的回答不仅让我感觉惊诧还让我感觉羞愧。她说她没有请过钟点工。她说她的生活靠的是百分之百的自理。从客厅的布置、从茶几上的摆设、从她烤制的糕点和她调配的美酒都可以知道她"自理"的是很有质量的生活。"自理"这样的生活与"自理"我自己的那种生活根本就不是同一个级别。"自理"能力在四十多岁年龄差距下的这种悬殊让我感觉极为羞愧。

我们在她的书桌兼餐桌边坐下。桌面上井井有条地摆放着的信件、剪报等等也可以作为克娜蒂娅生活质量的标志。她拿起那张画着表格和填满数字的纸,告诉我那是蒙特利尔冰球队这个赛季开始以来全部的比赛结果。她说每一场比赛之后,她都会亲手登记球队新的比分、积分和排名,尽管这是她订阅的报纸上都有的内容。这不是"认真"吗？这不是有悖于她长寿的秘诀吗？事实上，我很快还发现了她的另一种"认真"。她显然是一个从来都不会去"算计"的人，但是在交谈的过程中，她却在不停地"计算"：比如我说出我的年龄之后，她马上就会计算出我出生的年份。比如我说我每天跑30分钟。她马上就根据我前面提到的我5分钟跑1公里的速度计算出我每天跑6公里。这说明她的大脑对词语和数字都非常敏感。我相信这也是她长寿的秘诀。

接着，她从一个文件夹里拿出一份早已经请人打印好的故事和两张特意为我复印的地图。她在那张爱沙尼亚的地图上标出了她生活过的所有城市，而在那张欧洲大陆的地图上标出了与她的故事密切相关的那些地名。她的故事是关于个人命运的故事，也是关于人类历史的故事……1944年9月，苏联红军大举反攻进入爱沙尼亚的时候，她挤上最后一班客轮逃离了自己的祖国。这是故事的起点。接下来，就是那个22岁的年轻女子在分崩离析的欧洲大陆上长达一年的逃亡：有一天，她爬上了一辆挤满难民的火车的车顶；有一天，她挤进了一辆载满溃退的德国士兵的卡车……而更多的时候，她都是混杂在陌生的难民当中，在凋敝的公路上或者焦灼的田野里盲目地行走行走……有好几次，一觉醒来，同行的人都不知去向了，她要独自过河入林才能遇上一队新的难民。有一天，她已经到了饥不择食的地步,在黑夜里敲开了一家农户的门。善良的农户在她休息片刻之后,给她端上来一只刚刚烤熟的猫。她吓得重新冲进了黑暗之中,随后的好几天都不再有任何的食欲;有一天,她独自走近了一座已经没有看守的集中营。铁丝网后面那些穿着同样囚衣的男人用饥饿的目光打量了她一阵之后,突然冲了出来,冲了过来。她惊呆了。她肯定自己马上将要遭受蹂躏的厄运。没有想到那最早冲过来的人,并没有将她按倒在地,而是一把夺走了她手里的那块面包。接着,他的难友们也全部挤在他的身边,争抢了起来。令那些男人如狼似虎的原来不是"女人",而是女人手里的一块"面包"……

克娜蒂娅一边按时间的顺序复述她的故事,一边在地图上勾画她逃亡的路线。她最后终于冲破重重封锁,进入了盟军的占领区。在布鲁塞尔的难民营滞留到战争正式结束之后,她选择返回到已经被肢解的德国。因为熟悉英德俄等多种语言,她很快被联合国录用,参与了战后难民的安置工作。她翻出文件夹里面的一个笔记本,里面有她当时生活的许多记录(包括来自各国的同事之间的留言)。从她穿着军装的那些威风凛凛的写真已经无法想象她在逃亡路上经历的那些磨难。

在联合国工作期间,她从爱沙尼亚人办的报纸上的寻人启事栏里得到了她母亲和姐姐的消息。在她挤上最后一班客轮从南部逃离爱沙尼亚的同时,她们从北部乘小船漂洋过海,安

等到郁金香盛开的时候……

全逃到了瑞典。这劫后余生的消息当然是一种福音,但是,它却无法改变克娜蒂娅一家已经被历史摧毁的事实:德军进入爱沙尼亚不久,她18岁的弟弟就被强征入伍,并随即开赴前线。一年之后,她们就收到了从列宁格勒附近转回来的他的遗物。而在逃离爱沙尼亚半个世纪之后重返家乡,克娜蒂娅才知道一直在当地的小学担任校长的父亲后来被苏联红军带走,最后死在西伯利亚的集中营里。

克娜蒂娅真实的故事让我们成为了朋友,而我虚构的故事为我们的友谊奠定了更扎实的根基。去年8月底,从她订阅的英文报纸上看到我的访谈之后,克娜蒂娅马上就去书店买了"深圳人"系列小说的英译本。她对我的小说人物有中肯的评价。她成了我在西方世界里最热心的读者之一。10月底准备回中国的前一天,我打电话向她辞行。她要我马上去她那里一下,为她新买的两本"深圳人"签名。她告诉我那是她准备送给一位住在斯德哥尔摩和一位住在多伦多的朋友的圣诞礼物。

我马上就过去了。签好名之后,我又与她交谈了一阵。这一次,我们的交谈不是面向过去,而是面向未来。她说她的电视现在从早到晚都开着,她说她不想错过美国大选中的任何消息。我知道克娜蒂娅对那位同性的候选人的态度是不温不火,而对那位异性的候选人,她的态度却是如火如荼,只能用"恨之入骨"和"不共戴天"这样的词语来形容。她对大选的结果充满了忧虑,她不想她的"仇人"获胜。我不知道应该怎样给她降温。分别的时候,她祝我的中国之行一帆风顺,而我祝她在11月8日的晚上能够睡得安稳。

11月8日中午,我特意从深圳赶到香港,希望在那里看到关于美国大选结果的全景报道。我的长篇小说《希拉里、密和、我》正在"年度十大好书"的评选过程之中,我隐隐觉得这部小说的命运与美国大选的结果会有一点神秘的联系。这是我特别关注这次大选的"隐私"之一。而更大的"隐私"当然就是克娜蒂娅。第二天中午离开酒店的时候,克娜蒂娅的"仇人"已经在佛罗里达州胜出。根据最近这三十年对美国政治的观察,我很清楚这意味着什么。那时候已经是北美11月9日的凌晨了。我有点想给远在地球另一侧的邻居打一个电话,我想劝她关掉电视、蒙头大睡。我想对她说:"晚安,克娜蒂娅!"我想对她说:"在七十二年前的逃亡路上,你已经经历过这个世界上全部的黑暗了,克娜蒂娅!"我想对她说:"你已经不再需要'认真对待'任何事情了。"

我至今也不知道克娜蒂娅是如何度过那个无人入睡的夜晚的。我只知道她无法接受的结果并没有伤及她的健康,也没有影响她的生活。她照样清早起来去墓地里喂松鼠。她照样喝着自己调的美酒、吃着自己做的美食。上个星期五,为了准备这篇文章,我又特意去与她交谈了一下。离开的时候,她兴奋地告诉我,她的 95 岁生日快到了。她说她已经买好了生日那天的冰球票。我不知道她的球队那天会有什么样的表现。但是我知道,我能够在她生日的时候将她带到中国的读者面前。这应该是她从来没有得到过的生日礼物吧。

专业陪护

晚餐后散步回来仍然没有看见克娜蒂娅客厅里的灯光。这已经是连续第三天了。我开始有点不安。回到家里,马上拨打她的电话:果然没有人接听。第二天上午再拨,还是没有人接听。这有点奇怪。但是我再也没有其他的途径可以联系到她了,只能在不安中等待。又等了整整四天。那天傍晚从图书馆回来,离小区还有一段距离就远远看到了这些天一直在等待着的灯光。我兴奋地跑进小区,跑进大楼。回到家里,背包都来不及放下,先拨通克娜蒂娅的电话。接电话的不是她本人。这也有点奇怪。她家里平常没有别的人。我急切地问能不能与克娜蒂娅说话。得到的答复是她已经睡了。这还是有点奇怪。克娜蒂娅平常不会睡这么早的。有她的冰球队比赛直播的时候她甚至还可能会睡得很晚。但是我没有再多问。第二天上午再打过去,首先接起电话的仍然不是克娜蒂娅本人。但是,她马上就从卧室里接起了电话。她说她还躺在床上。这更是有点奇怪。她平常总是起得很早。夏天的时候,她甚至可能早上7点就已经从墓地里喂了一圈松鼠回来。她的声音听上去非常虚弱。这同样有点奇怪。她说她在医院里住了一个星期,昨天下午刚回来。她说她在洗澡的时候突然虚脱,最后是慢慢爬到房间里给小区保安打电话才叫到了救护车。这当然也有点奇怪。按照她说的时间,我在她虚脱之前两天还看见过她:她还是像平常那样健步如飞地横穿马路,完全没有95岁应有的老态。她说她自己也不知道为什么会突然虚脱。而在医院住了一个星期,医生也没有找到原因。我问她什么时候可以去看她。她说她现在的样子很难看。她说等她恢复好了再给我电话。我又问她需不需要帮忙。她说不需要,因为她已经请了两名专业陪护,现在24小时都有人陪在她的身边。

过了大概一个星期,克娜蒂娅打来电话说她好多了。她说如果我想去她那里什么时候都欢迎。我马上就过去了。给我开门的是一位我从来没有见过的女士。她应该就是克娜蒂娅所说的专业陪护之一吧。她的语气和举止都很得体。她示意我去客厅,同时说她已经从克娜蒂娅那里知道了我的很多情况。克娜蒂娅坐在客厅沙发旁的椅子上,没有起身。这是我认识她这些年来第一次看到她坐着等我进门,坐着等我走到她的身边。这当然也属异常。从这里,我可以想见她身体虚弱的程度。但是她的气色看起来还不错。在她身边的椅子上坐好之后,她向我介绍刚才给我开门的女士。她说她非常周到。她说能有这么一位女士陪在身边真是一种幸运。而那位女士回应说能有机会与克娜蒂娅这么一位天使相处是她的福气。

融洽的气氛缓解了我的担心。我与克娜蒂娅交谈起来。我首先问她"那天"到底发生了什么以及在医院里的具体情况。我注意到克娜蒂娅的语速不像以前那么快了,语气也不像以前那么强了,甚至她的反应也不像以前那么灵了。她自己对这些异常大概也有意识。她抱怨说自己差不多还是整天躺在床上,就像在医院里一样,感觉也还是非常虚弱。我顺势问她的胃口怎么样。她对这个问题的反应倒是非常敏捷。她指着陪护她的女士说:"她将我喂得太饱了。"接着,她马上又补充了一句,说:"她将我惯坏了。"而陪护的女士笑着对我说:"是她将我惯坏了。"我很高兴她们彼此的认同。这真是她们共同的幸运。

我从一进门就意识到摆在客厅里的电视机没有开。这也属于异常。我问克娜蒂娅最近是否还关心自己的冰球队。她摆了摆手,说他们太不争气了,已经连续输了好多场。我又问她是否还在关注特朗普。还不等克娜蒂娅回答,陪护的女士就抢着说:"克娜蒂娅最喜欢特朗普了。"我开心地看着她们。我没有想到她们的关系已经融洽到这样的程度,竟可以在克娜蒂娅如此当真的话题上开起玩笑。克娜蒂娅没有理睬她的陪护,而是义愤填膺地声讨起了特朗普。陪护的女士继续在一旁开心地挑逗说:"我说得没错吧,克娜蒂娅最喜欢特朗普。"

我很清楚只有转移话题才能够让克娜蒂娅平静下来。我转向陪护,与她交谈起来。我问她来加拿大多久了。她的回答出乎我的意料。她说她八十年代初就来了,也就是说她其实是比我资格老得多的"加拿大人"。我问她是不是一直住在蒙特利尔。她说不是,她最开始是住在多伦多,后来才来到蒙特利尔。这也有点出乎我的意料:通常移民会从相对封闭的法语区转向相对开放的英语区,很少有相反的情况。我猜测她可能来自海地,而法语是她的母语。没有想到不是。她说出了她的祖国的名字。她说那是非洲东部的一个国家。我顿时感觉一阵羞愧,因为那是从来没有听说过的国家。她重复了两遍之后,我还是没有任何概念。我让她拼写出来给我看。她拼写出来之后,我还是没有任何概念。这时候,她说我当然应该知道埃塞俄比亚。她说她的祖国就在埃塞俄比亚的北面。看到我还在为自己的无知而羞愧,又还在继续好奇地询问,克娜蒂娅指着客厅里用来摆设她的手工作品的柜子下方,说那里面有地图。我打开柜门,在那一大摞地图里翻出了两份一模一样的世界地图。这个发现突然让克娜蒂娅恢复了敏锐和机智。她做出一本正经的样子评价说:"你看,我生活在两个世界里。"我用惊喜的目光盯了她一眼。我高兴那个熟悉的克娜蒂娅又出现在自己的眼前。

陪护克娜蒂娅的女士在地图上指给我看她的祖国。那个我后来知道中国译为厄立特里亚的国家看上去的确很小。但是它却濒临红海,不仅有惊人的海岸线,还扼守着红海与印度洋的通道,显然具有非凡的战略地位。我问她的祖国有多少人口。她说应该就是五六百万。这差不多就是中国一座二线城市的人口规模。这种对比让她想起在自己的祖国流传很广的一个笑话。笑话的场景设在中国政府为他们前来进行国事访问的总统举行的国宴上:中国的领导人突然问起他们国家的人口。听完他们总统的回答,好客的中国领导人幽默地说:"你为什么不将他们都带过来吃饭呢?!"我笑了。说笑话的人自己也笑了。但是依然坐在原处的克娜蒂娅没有笑。她想到了自己的祖国。她说她的祖国就更小了,人口只有一百多万。克娜蒂娅淡淡的伤感将我们带进了另外一个话题。我告诉克娜蒂娅,在她住院的那一段时间,我突然有过一阵强烈的愿望,想将来到爱沙尼亚去看看。我刚说完,陪护克娜蒂娅的女士也用很认真的口气说她也有这种愿望。克娜蒂娅用费解的目光看着我们这两个"局外人"。透过那种目光,我有点伤感地肯定,克娜蒂娅自己已经没有再回家去看看的愿望了。

真正引起我好奇的并不是这位专业陪护的祖国,而是她本人。而我对她本人的好奇又首先是由她的孩子们引起。她说从多伦多搬到蒙特利尔来完全是为了孩子。我因此问起她孩子的情况。她说她有三个孩子,老大和老二是女儿,老三是儿子。我接着又问起他们的兴趣和职业。没有想到,她的回答竟会让我发出一次次的惊叹。她首先从小女儿说起。她说她学的是时装设计。我很少听到移民的后代学这种不接地气的专业。而从她的语气里,我不仅能听出她对女儿学艺术的支持,还能听出她为有学艺术的女儿而骄傲。她说这个女儿现在在蒙特利尔做艺术活动的组织和策划工作。接着她谈起儿子。她说他一直学打网球,准备走职业的道路。后来突然又改变主意,改学烹饪。在欧洲做了一些年厨师之后,他还是难忘初心,又回到网球世界,现在在蒙特利尔做网球教练。同样,从她关于儿子的谈论里,我听到的也只是欢乐和喜悦。最后她说起大女儿。她说她长期生活在日本,在那里当英语教师。她自己还去那里看过她。她又说她还在台湾教过四年书。她说她本来想学法律,后来发现自己还是更适合做教师。她说她对语言有浓厚的兴趣,不仅会说加拿大的两种官方语言,还会说德语、西班牙语、日语、汉语以及少量的意大利语和阿拉伯语。

这是怎样的一位母亲啊。她居然有三个职业和兴趣高度统一的孩子。她居然如此放任自己的孩子,又如此信任自己的孩子。她激起了我极大的好奇。后来两次去克娜蒂娅那里,看望主人都成了我的借口,我的主要时间都用在了陪护的身上

等到郁金香盛开的时候……

(克娜蒂娅在一旁听着我们的交谈,偶然抛出一句顽皮的观众点评)。她告诉我,她是在儿子已经4岁的时候突然决定来加拿大学习的。当时他们的家在埃塞俄比亚。她的丈夫不愿意离开故乡,但是却很支持她的行动。她只身来到多伦多,在那里学习酒店管理。学习结束之后,她决定留下来。然后,她开始将孩子们一个一个接出来。她说一直到儿子满了18岁生日之后,她才回到埃塞俄比亚,想重新开始过自己的生活。但是事与愿违,她的祖国与埃塞俄比亚之间很快就爆发了战争。她又一次与丈夫分离:她因为已经入籍,得到加拿大政府的保护,在使馆的协助下撤离战乱地带,回到了加拿大。而她的丈夫作为高级侨民最早一批被埃塞俄比亚政府驱逐出境,回到了自己的祖国。她的这一段经历与克娜蒂娅二战结束之际在欧洲大陆上的逃亡有点相似。五十年前的欧洲,五十年后的非洲……人类的历史总是在仇恨和暴力中重复。

但是她对生活没有一点抱怨。她说她有让她那么骄傲的孩子,又有对她那么支持的丈夫,现在她又遇到了克娜蒂娅这样的天使,对生活还能有什么抱怨呢?!她的丈夫在事业上一直非常顺利,在战乱之前是美国最大的履带机械设备公司在非洲的总代理。她说没有他的支持她不可能在加拿大留下来,更不可能在异域将三个孩子带大(我心想,应该是"那样"带大)。她提到了一个有趣的细节:当年在多伦多的学习结束之后,她费了很多的周折才从移民局获得工作许可,而她找到的工作不是做酒店的管理而是做酒店的卫生。第一天下班回来,她给丈夫打电话诉苦。而丈夫的反应却是说:"这没有什么。"她非常生气,责问丈夫,为什么自己在酒店擦了一整天的便池之后,他的反应却是那样的冷淡。"你想回来吗?我欢迎你回来。"她的丈夫平静地说,"但是你如果想在那里留下来就只能接受啊。"她马上意识到丈夫的冷淡其实是对她"留下来"的支持。我相信这个细节是她后来谈到的移民经验的重要生活来源。她说要想克服移民生活的巨大困难有两个非常关键的原则:一是不要对未来有太高的期待,这样就不会有很强的挫折感;二是不要对过去有太多的留恋,这样就不会有很强的失落感。这大概就是心灵鸡汤里常说的"活在当下"的意思吧。作为过来人,我当然对此有强烈的认同。

我们的交谈经常会涉及政治。有一天,谈及有人称她十分神秘的祖国是"非洲的朝鲜",我问她的同胞如何看待他们的总统。她说他将国家管理得很好,所以他们都很喜欢他。但是她说西方国家的领导人称他是独裁者,都不喜欢他。还有一次,在去克娜蒂娅那栋楼的路上,我遇见一位伊朗邻居,随意地问了一句他的祖国最近的抗议活动的进展。他有点失望地说已经平息了。但是他马上又补充说他相信那只是暂时的平息。他肯定不出五年,伊朗的伊斯兰政权就会终结。我在克娜蒂娅那里坐下之后,谈起刚遇见的那位伊朗邻居的"肯定"。没有想到,专业陪护突然说:"那完全是巴列维国王的错。他当年不应该放走霍梅尼。"接着,她开始批评伊斯兰政权对伊朗将近四十年的统治。她的语气很平缓,但是她的态度很明确。我问她的祖国有多少穆斯林。她简单地回答说:"一半。"接着,又用平缓的语气表达了对他们的不满。我没有直接问过她对克娜蒂娅"最喜欢的人"持什么看法。我猜测她与克娜蒂娅的看法很可能正好相反。如果真是这样,我会庆幸政见的不同没有妨碍她们融洽地相处。

最近一次交谈是围绕着她的写作展开的。她突然说起她正在写一部小说,用她的母语提格雷尼亚语写。那是一部言情小说。场景设在加拿大。主人公是一对他们本族的年轻人。她在电脑上找到那种语言的字母表给我看,那有点像是古埃及的文字,复杂又漂亮。她说因为与埃塞俄比亚的战争,她的许多同胞作为难民流落到了世界各地。她说有一次她在多伦多做过关于她的小说的活动,居然来了四百多人。她现在是每天都写一点,写好之后放在网上,供她的同胞们阅读。她希望以后能够有机会将小说印出来。她相信饱尝战乱之苦的灵魂会在小说人物情感的波动里获得休憩和安慰。

1904

这篇文章的题目不是指那个与现代派文学密切相关的年份:乔伊斯在那一年的6月16日第一次与他未来的头号女性人物的原型亲密接触;布鲁姆在那一年的6月16日在都柏林的街头被神化为"尤利西斯"。不,它不是一个年号,它是一个房号:在我已经居住了十六年的这座大楼里与我关系最为密切的邻居的房号,在《白求恩的孩子们》里以虚构的形式出现过又在《异域的迷宫》里以非虚构的形式出现过的邻居的房号。

安德烈离开这个世界已经三年了。那时候,"身边的少年"已经不再是"少年"却仍然还在"身边"。我记得有一天上午他刚从自己的高架床上窜下来,突然接到了一个电话。他匆匆应答了两声之后匆匆穿着拖鞋出了门。他很快又回来了,但是却并没有停留,匆匆穿好衣换好鞋之后又匆匆出了门。我从来没有见过他如此忙乱如此匆匆。等他再次回来并且看起来不会再匆匆出门(他已经在自己房间的书桌边坐下)之后,我忍不住问他刚才是谁来的电话以及出了什么事情。那时候他正处在青春期最险恶的阶段,对我的任何问题都不愿回答。但是那一次他做了回答。他说是安德烈来的电话。他说他让他去为他买一根皮带。接着,他还补充了一句,说安德烈已经病得快不行了。我马上问我是不是应该去看他一下。"身边的少年"继续全神贯注地盯着电脑屏幕。"他不想别人去看他。"他冷冷地说着,脸都没有侧过来。

大概半个月之后,我在电梯里遇见安德烈的隔壁邻居。我还没有来得及开口,她就告诉我安德烈前一天死了,就死在"1904"。

我很遗憾他不想"别人"去看他。我也很感动他最后已经不信任所有的"别人"了,却还信任"身边的少年"。这个"少年"没有用13岁生日那天从他那里得到的红包去买他指定要买的那本魁北克法语字典,也没有按照他的愿望进法语的预科和读法语的大学,后来甚至连法语都不大愿意说了……但是,他在生命最后的日子里还会信任他,还让他去为自己买皮带。为什么是皮带?我伤感地猜想,安德烈那时候已经瘦得不像样子了,所以才不想别人去看他,所以才会需要一根新的皮带。那有可能是他在这个世界上最后的一次购买。

1904号房是我和"身边的少年"几乎可以随意进出的"别人"的住处。我们在那里听租户一遍遍地重复自己童年时代的艰苦、青年时代的奋斗、中年时代的成功与风流以及老年时代的安逸与风流。当然,还有他的高尔夫,还有他的牧羊犬以及他天真的政治热情和顽固的政治诉求。那是一套一房一厅的角房，视野比他津津乐道的人生似乎更加开阔：从卧室和客厅的窗口都能够看到全景的日出和皇家山的山顶，而站在与客厅相通的阳台上可以看到全景的日落和西岛的湖影。我想这大概就是安德烈搬进去之后就再没有退租的原因。他在那里居住了四十年。那是他整个后半生固定的地址。

从这里可以看出安德烈在生活上的顽固。这种顽固与他在政治上的顽固相比有过之而无不及。我经常会感觉他为别人所做的一切其实都是为了给自己寻开心。反串一下关于白求恩"毫不利己专门利人"的著名说法，我经常会感觉安德烈的"利人"都是出于"利己"。总之，他在所有的事情上都要将自己的意志强加于人。难怪他的生活中（如他自己所说）有"无数"的女人，因为没有任何女人愿意留在他的身边；难怪他的两个女儿（如他自己所说）就"应该"住在附近，可是他们却已经失联三十多年。对我这样的"别人"，他的态度也不会改变。比如高尔夫球吧。我从来就毫无兴趣，而他却从认识我的第一天起就开始试图说服我进场。我知道，只要我愿意，他会立刻为我备行头、付年费。而哪怕我不愿意，他也不停地向我传递关于这"世界上最伟大的运动"的信息和灌输关于这"世界上最伟大的运动"的知识。如果不是老虎伍兹（他的超级偶像）突然出了事，他肯定会将这传递和灌输一直坚持到"不想别人去看他"的弥留之际。又比如他的那些旧物品吧。有一天他突然说他清出了一大包旧衣服,问我需不需要。我明确地告诉他不需要,而且出于对他的尊重,用的还是法语。第二天清早,那一大包旧衣服还是照样挡在了我的门口。这种否定之否定早已是我们关系中的常态。我至今还穿着他强加给我的旧T恤衫。我至今还踏着他硬塞给我的旧雪地靴。不知道这种在小节上的顺从是否足以告慰他的在天之灵。

法语报纸也是安德烈扔在我门口的。不过在这一点上,我自己也负有一定的责任,因为我那一天的确多嘴说过将来有时间的话也要好好读一下法语报纸。他没有理会我使用的将来时态和条件语气,从第二天起就每天都将他读过的法语报纸扔到我的门口。加拿大有两份主要的法语报纸,知识分子喜欢读的是 Le Devoir,而普通读者喜欢读的是 La Presse。这是两个互相对立的读者群。我不止一次听到过前者对后者的嘲讽,也不止一次听到后者对前者的不屑。可是,安德烈不仅每天都必买法语报纸,而且是两种都买。也就是说,在强行"否定之否定"的同时,他也坚持"对立的统一"。每天清早他会用不可思议的速度将报纸读完,然后就将它们扔到我的门口。有很长一段时间,我每天起来之后的第一件事是就是打开房门,接受舆论的监督。

2017年5月30日上午10点,《深圳人》法文版出版商突然写来简短的邮件,称赞我的"智慧和幽默"。我多少能够猜出这称赞的根据。追问之后,知道果然是 Le Devoir 对我的采访已在当天见报。但是,我完全没有想到它居然会出现在报纸的头版。我决定去买一张报纸,留作纪念。这是我第一次准备自己去买一份报纸。就在打开房门的一刹那,我下意识地瞥了一眼地面,强烈的失落感顿时猛击我的神志。如果安德烈还在"1904"的话,报纸这时候肯定就已经在我门口的地面上,而且头版的下方还会有他用红色油性笔留下的标记。在去报刊店的路上,失落的情绪经久不散。我边走边想着如果安德烈活到了今天……

当天下午在写作的时候,我突然听到门口投邮口熟悉的响动声。我心头一紧。因为邮递员中午时分已经送过邮件,而且那是比邮递员过于专业的动作引起的噪音要温和得多的响动。以前紧随着这响动声出现的通常是从报刊上剪下来的关于"世界上最伟大的运动"的知识或者信息。我紧张地走到门口,看到地面上有一张分两次折叠好的 A4 纸。我将它捡起来。我读到了关于我的访谈的第一封"读者来信"。那是一封用法语写成、用电脑打出的短信。落款处留下的是一个对我完全陌生的名字,而且名的部分用的是缩写,所以连写信人的性别也无法辨认。写信人说很兴奋自己的邻居里面有一位作家,又说自己多次与我相遇却从来没有做过交谈。更感人的是,写信人接着又说自己早已经从我的气质里看到"很沉静"的特质,所以一点也不奇怪我专注于"如此美好的事业"。

　　这第一封读者来信当然给我带来了与事业同样美好的感受。但是同时它又重新激起了上午已经遭遇的那种失落感。上午从报刊店回来,我已经忍不住给"身边的少年"打电话,告诉了他采访已经见报的消息。现在,我又忍不住再给他打电话,告诉了他这第一封读者来信的内容。两次电话都是在他的上班时间打去的,但是两次他都是破天荒地马上接听,好像他有预感。从他简短的反应里,我能够听出他衷心为我高兴。这么多年过去了,"身边的少年"突然开始愿意为自己"异类"的父亲高兴……这是进入 2017 年以来才出现的变化。这是 2017 年最大的魔幻。在第二次电话里,他同意我傍晚的时候去他的住处。他知道我想与他分享美好的感受。

　　"身边的少年"搬出去独立生活已经将近两年了,也就是说他已经开始独立生活了,尽管他从不拒绝我定期背着满满一包从"唐人超市"采购的食材去上门服务。我开始将自己的新身份定为"钟点工",后来有人提醒我说"钟点工"是要用劳动换取报酬的,于是我将自己重新定位为"义工"。他的住处距离我的住处大概是 5 公里左右。在轻装的情况下,那对我是最理想的徒步距离。这一天,我的背包里只有一份报纸和一封读者来信。我自然来回都选择以步代车。"身边的少年"6 点半钟下班回来。我没有想到,稍微收拾了一下之后,他就坐下来读完了我的第一篇刊登在法语报纸上的访谈和我收到的第一封法语的读者来信。读完之后,他还用"不错"来评价。这应该算是他对我的最高评价。这时候,我有点冲动地提到了安德烈。这个视报纸为空气的人如果现在还没有停止呼吸……"身边的少年"与我也有同感。他算了一下安德烈去世的年数,感叹说时间过得真快。

我将近9点从他那里离开,步行大约50分钟回到了自己的门口。一路上,我一直都在想着安德烈,想象着他早上看到报纸之后的表情,想象着他用红色油性笔在报纸上批注的动作……我没有想到刚推开门,借着公用过道里的灯,就看到了地上的那个信封。那自然又是另外一位读者的来信,我想着,将自己门边的灯打开。我看得更清楚了,那是一个 10×15 厘米大小的很精致的信封。走进房间,关好房门,我准备弯腰去捡起信封。可是,这是为什么?我的身心猛烈地抽搐了一下,因为我清楚地看到了朝向我的信封背面上唯一的字迹。那是四个用手写的数字。那是整天都在我的脑海中浮现的"1904"。

我捡起信封。没错,那就是"1904"!而信封的正面写着我的名字和房号。这是为什么?这是为什么?这是为什么?我不知道是恐惧还是震惊将我推到了电话机的旁边。我拨通了"身边的少年"的电话。我慌慌张张地说着,他安安静静地听着。他当然听得出我说着说着眼泪就簌簌地流了下来。

放下电话之后,我从信封里抽出那张与信封同色(浅黄色)的类似贺卡的卡片。卡片上面除了一个长方形的压痕之外,再没有任何其他的装饰。压痕的正中用典雅的花体印着一位女士的名字,法语的名字。卡片上手写的文字(同样是法语)由三段构成。首尾两段是祝贺和期待。第二段却是对我访谈中一个细节的感人回应。她说我关于"自我"这个词在中国半个世纪以来命运的分析让她对中国产生了许多新的认识。

那是一个不眠之夜。那是一个让我在时间的长河里不断逆行的不眠之夜。太多的疑问向我涌来,太多的惊叹向我涌来……"亲爱的白求恩大夫",你能不能告诉我这到底是为什么?

大概在十天之后,我在大楼的入口处遇见一位精神抖擞的老人。她问我是否收到了她的信。我问她是不是住在1904。她说是的。我感谢她的祝贺、期待以及她对"自我"的回应。然后,我问她对自己的住处是否满意。她说她在那里住了快三年了,她非常满意。我没有再多说什么。我没有告诉她,那是我在这座大楼里除了自己的住处之外最熟悉的地方。我也没有告诉她之前的那位租户与我身上的旧T恤衫有什么关系。我更没有告诉她,这座大楼里曾经发生过一起特大的火灾,它是整个小区半个世纪的历史上最大的一次人祸。它就发生在"1904"。我从来没有问过安德烈火灾的具体起因。我也从来想象不出火灾之前的"1904"是什么样子。我是十多年前从安德烈自己的言谈里得知火灾之事的。他当时只是一语带过,但是他显得情绪激动。他说那场大火烧掉了他"全部的过去"……看着在安德烈离开世界之后搬进他的世界里的这位神秘的老人,我没有再多说什么。

我没有再多说什么是因为我不知道这到底是因为什么。

天 上 的 读 者

"上帝选中的摄影师"

他有一个纯粹的法语名字,而他就读的是一所纯粹的英语大学。对一个居住在蒙特利尔的年轻人来说,这一点也不奇怪。奇怪的是这个年轻人在 2016 年 10 月 4 日上午 11 点 14 分将这样的一段文字传到了一个与他父亲年纪相仿的陌生的中国人的邮箱:

我是康克迪亚大学新闻专业的研究生。最近,我开始注意你迷人的作品,同时也已经对你的文学经历产生浓厚的兴趣。我尤其好奇你在蒙特利尔写作却在中国出版的这种动态关系以及你宁愿"隐身"的生活态度。我期待着能够有机会就此对你进行采访,它将会成为我的在校作业的一部分。

我的第一反应是这个好奇的年轻人运气怎么这么差:因为前一天下午,我刚在康克迪亚大学主楼的一间教室里做过一次关于《深圳人》英文版的活动。活动之后,我还在康克迪亚大学一年一度的特价书市上消磨了一个多钟头的时间。也就是说,如果他的邮件早来一天,他肯定就已经得到了他想得到的机会;而我的第二反应是这个好奇的年轻人运气怎么这么好:因为第二天晚上,《深圳人》英文版的新书发布会将在蒙特利尔老港的一家书店举行。从这个角度看,他的邮件正好早来了一天。我在回复里将这个消息告诉了他,我说我们可以先在那里见面聊聊。他马上就传来了回复,说他一定会去参加。

新书发布会上来了不少的人,包括加拿大国家广播公司的一位著名记者(他后来做出了我在加拿大第一个具有全国影响的采访节目)。这些陌生人都在活动之前走近我,做过自我介绍,而这个年轻人直到在发布会最后的签名环节才暴露自己的身份。不过他早就引起了我的注意,因为他在不停地拍照。我很自然地以为他是我的出版商请来的摄影师。他的身体十分单瘦。他的表情十分单纯。他在自我介绍的时候显得十分拘谨。我好奇地问他为什么要拍那么多照片。他说他的专业就是新闻摄影,或者像他最近才给我的那张名片上写的叫"视觉新闻"吧。接着,他重复了自己在第一份邮件里提过的请求,希望我们能够找机会坐下来。他还是想对我做那个采访。我告诉他,我的情况不适合做成在校的作业。我建议他去联系当地一家正式的媒体,看有没有可能将采访做成一个比较正规的节目。因为他在前面已经告诉我,法语也是他的母语,我特别提醒他去联系当地的法语媒体。因为英语媒体已经对我做过很有分量的报道,而且还在继续做。我相信为法语媒体做一个采访是他的机会。

在五天之后的回复里,他说他联系过法语的媒体,他们都没有积极的回应。尽管如此,他还是希望我能够接受他的采访。他说他最后会将它做成一个电视节目,在康克迪亚大学内部的电视频道播放。他还强调那是有数万名师生关注的电视频道。我还是觉得不太合适。加上我已经在开始准备去温哥华参加有生以来的第一个重要的文学节活动,而从文学节回来,我马上就要回中国去做新书的推广,这件事就只能"以后再说"了。事实上,我感觉这"以后再说"并不是暂时的推脱,而是为我与这个年轻人的关系划上的句号。

没有想到四个半月之后,这个年轻人又给我写来了邮件。这一次,他没有再提采访的要求,而只是问我能不能抽时间让他为我拍一组照片,用于他"正在写的故事"。他居然还在写关于我的故事?!他居然"正在写"关于我的故事?!我显然是被他的执着打动,也没有追问他正在写的是什么故事以及是为什么媒体写的故事,就同意在第二天下午的5点钟见面。我将见面的地方定在离我住处最近的公共汽车站。考虑到他应该是从学校方向(也就是南面)乘公共汽车过来,我特别提醒他我会等在马路的东侧,也就是他下站的地方。结果他却从相反的方向步行过来。他说他是从住处附近乘地铁过来的。他说他已经毕业了。他说他准备在蒙特利尔发展,而不是回西部的故乡城市埃德蒙顿。

我建议去附近的圣约瑟夫大教堂拍照,那里有开阔的视野,还有落日的余晖。他也觉得这个建议不错。他首先在教堂正面的空旷处拍了一些,既有正光和侧光,也有逆光。然后,我将他带到教堂西侧附楼上层西北面僻静的走廊上。那是旅游者不会涉足的角落。那是我的角落。夏天的傍晚,我经常坐在走廊的长椅上看日落。那气势磅礴的景观有时候让我淡忘孤独,有时候又让我感觉孤独。他也非常喜欢那个角落,又从各个方向拍了一些照片,包括刚才没有拍过的坐姿。他对他短短40分钟之内的成绩显然非常满意。

在收拾相机的时候,我们轻松地交谈起来。我第一次问起了他的家庭。他说他父亲的母语是法语,他母亲的母语是英语,所以他自己有两种母语;我第一次问起了他的未来。他说他喜欢自己的专业,也喜欢蒙特利尔,将来就会在这座城市和自己的专业上发展;我第一次问起了他的年龄,他说他出生于1993年。我马上就想到了"身边的少年"。我想他已经离我越来越远了,而身边的这个比他还小三岁的年轻人却在执着地向我走近,而且"正在写"关于我的故事,也就是离我越来越近。就这样,我第一次与他谈起了"身边的少年"。我告诉他,从麦吉尔大学建筑系硕士毕业之后,他没有继续在自己的专业上发展,而是转向了电影的后期制作。我还告诉他,他参与制作的

《美女与野兽》马上就要公映了,而他正在参与制作的是被中国翻译成《银翼杀手2049》的另一部大片。身边的年轻人马上对"身边的少年"也产生了兴趣。他问了我一些关于他的问题。我说将来可以找一个机会介绍他们认识……这时候,我突然产生了一种幻觉,就好像这所有的第一次都不是第一次。"身边的少年"还是少年的时候,我经常与他一起坐在这个僻静的角落。我总是与他谈论一些无关紧要的话题。我对我准备说出的每一个词都小心翼翼。我从来不敢问他想不想家,就像我从来不敢问自己想不想家……是的,时间在我的幻觉里停顿下来了。我看着这个执着地走进我生活里的年轻人,突然感觉"身边的少年"仍然是少年而且"身边的少年"永远都会在身边。

与他的法语名字对应的英语名字是"Stephen"(斯蒂芬)。这是乔伊斯的主人公的名字。在《尤利西斯》的最后,年轻的斯蒂芬终于走进了自己精神之父的生活。而圣约瑟夫是耶稣名义上的父亲,圣约瑟夫大教堂供奉的就是作为精神力量象征的"父爱"。在这样一个具有象征意味的地点,在这样一个具有象征意味的黄昏,身边的这个年轻人与我的关系顿时发生了本质的变化。他变成了我文学人生的一部分,他变成了"上帝选中的摄影师"。三个星期之后,他出现在"蓝色都市文学节"的新闻发布会上,用相机记录下了我在西方文学世界里获得的第一份虚荣;又过了五个星期,他的镜头对准了我无意中在蒙特利尔的一个小街拐角发现的白求恩的巨幅画像;又过了六个半月,在一个寒风凛冽的中午,他的相机又将我定格在蒙特利尔唯一的白求恩雕像的跟前(注意,这座雕像就在康克迪亚大学的校区里);再过两个星期,他又如约来到魁北克英语出版家协会一年一度的书展上,继续用镜头捕捉我的生活。那一天我们分手的时候,他还很认真地告诉我,他已经开始读《白求恩的孩子们》。

这里要闪回到文章最开始的那个时点,补上一个小插曲。2016年10月3日下午在康克迪亚大学做关于《深圳人》英文版活动的时候,在提问的环节,第二个提问的是一个中国学生。他用纯正的英语提问。而他问的不是关于《深圳人》的问题。他说他读过我的《白求恩的孩子们》。他说他非常喜欢。但是,他问我为什么小说从头到尾都那么悲观。他问那与我的童年时代的经历有没有什么关系。我没有想到一个90后的孩子会对《白求恩的孩子们》感兴趣。我用非常激动的语气回答他的问题。活动结束之后,我独自离开教室。但是,那个提问的学生很快追了出来。他改用普通话与我交谈了一阵。他告诉我,他母亲是与我同年出生的人,在国内的一所大学教哲学。他说她是我的粉丝,特别喜欢我的《空巢》。这是我在蒙特利尔与中国文学的一次奇特的相遇。

现在,另一个从康克迪亚大学毕业的学生,另一个90后的孩子又在通过另一种语言进入那部作品。我告诉他,我期待着听到他的反应。在三个星期之后,他的反应进入我的邮箱:他说他颤栗着读完了《白求恩的孩子们》。他说他不习惯亲自向作家表示感谢,但是他必须为这激动人心的作品向我表示感谢。他马上就要回埃德蒙顿去过圣诞和新年的假期了。他说他会与家人和朋友分享这部作品。

这不是一段阅读之旅的终点。1月4日,也就是假期后的第二个工作日,他的邮件带来了意想不到的消息。他说《渥太华书评》准备在2月号刊登他就《白求恩的孩子们》对我进行的采访。他没有提到那家媒体是如何找到他或者他是如何找到那家媒体的。而我觉得更有意思的是,这消息出现在他2016年10月4日的第一份邮件整整十五个月之后。也就是说,整整十五个月之后,这个年轻人又一次对我提出了采访的请求。而这一次,它不仅是为正式的媒体做的节目,连发表的时间都已经确定。我再一次为他的执着感动。五天之后他传来了准备得很好的采访问题。他告诉我截稿的日期是1月25日。这意味着我有足够的时间完成回答。但是,我没有等"以后再说",两天之后就将我的回答传给了他。我希望留给他更多的时间去组织他自己的文字。

他在截稿当天的下午突然来邮件与我就其中的一个回答进行紧急磋商。我重写的回答立刻消除了他的困惑。他在最后一刻交稿。文章在十天之后发表。这时候距离他请求采访的第一份邮件正好过去十六个月。

我相信他和我一样,也很清楚这绝不是这一段跨越文化和代沟的精神交流的终点。这时候,我那篇有名的"战争"系列小说的标题浮现在我的眼前。我可以肯定,它就是上帝为我这篇文章选中的标题。

天上的读者

这一座迷宫于 2016 年 8 月 16 日中午 1 点 15 分出现在我的眼前。但是,它的入口足以联通到将近二十年前的另一个中午。那时候,我是深圳大学文学院里特立独行的"青年教师"。因为从不纠缠于人事关系,也从不计较福利待遇,我的存在基本上可以忽略不计。没有想到,沉寂了八年之久的《遗弃》突然变成知识界的热点,有人开始好奇我的未来,也有人开始好奇我的过去。我自己其实也属于这些好奇者之一。我的内心充满了困惑,既不清楚自己的过去有什么价值,也不清楚自己的未来有什么意义。重返文学的长征已经开始,但是这一次我能够走多远?或者说,这一次能够让我走多远?现实的标准从来都最具说服力,比如"开会"。经过多年的观察,我对现代社会的运作模式已有不少的发现。比如我发现一个能够走很远的人一定是有会可开而且经常有会可开的人！所以那一天中午，当同事们突然谈论起我的前途，我马上就用"开会"来回应：一个眼看就要过四十的写作者连一次与文学相关的会都没有开过，他还能有什么前途?！我的回应引起了一阵哄笑。但是，有一位同事没有笑。他严肃地盯着我，严肃地说："薛忆沩，你这一辈子还怕没有会开吗?！"站在二十年之后的现在，我才真正知道这句表面上很直白的话是如何的练达。它可以说是我在深圳大学六年任职期内听到过的最有预见性的话。说这话的同事后来不仅成为我最好的朋友，还成为我唯一的"长跑教练"。

我于2016年8月13日晚上抵达长春的主要目的就是"开会"。事实上，在我的那位同事做出预言的十二年之后，我果然就有会开了。那是我在香港城市大学做访问学者期间（2010年）实现的人生突破。而到乘坐动车抵达长春的这一天，我已经是开过很多会的人。当然，我还从来没有开过级别如此之高的盛会。在会议期间，我将见识一大批中国最著名的作家。我期待着与他们的第一次握手。以我一贯的虔诚，我不会将这第一次握手当成是一种身体的接触，而会将它当成是一种精神的交流。我相信这是值得一个虔诚的写作者期待的交流。

但是希望马上就被失望取代。就像以前的每一次开会一样，身体刚刚坐稳，心灵就已经开始躁动，厌倦的情绪也随之迅速抬头。我其实是一个不喜欢开会、不适合开会,甚至也不应该开会的人。早在第一次开会的中途,我就已经完成对自己的这一诊断。而再往后一点,在确信自己这一辈子不怕没有会开了的时候,我就已经开始怕开会了。这就是为什么在每次决定去开会之前,我都要为自己准备一些辅助的"借口"。在前往长春之前也不例外。我用下面这些"借口"亢奋自己:我将在吉林省图书馆做一场讲座;我将与居住在长春并且已经三十年没有见过面的挚友相见;而更重要地,这是我第一次走进自己文学道路的出发点。1988年8月,经过两年多的颠沛流离,我的中篇处女作终于在《作家》杂志上落脚。人生的第一份样刊很快就从长春的斯大林大街寄到我在长沙的住处。我激动地拆开那个贞洁的信封。我现在才知道,我拆开的不是一个信封,而是一段梦幻般的文学人生。

从"借口"里获得的满足果然平衡了我对开会的厌倦。所以8月16日上午早退离开会场的时候,我的感觉仍然是"不虚此行"。在去机场的路上,与健谈的司机拉起家常,更有贴近生活的美感。甚至在候机区的餐厅里吃的那一碗招牌牛肉饭套餐虽然稍稍败坏了我的胃口,却一点也没有败坏我的情绪。结账单上显示的结账时间是12点57分。接着是去卫生间。从卫生间出来,看见准备乘坐南方航空公司CZ6541号航班飞往上海浦东机场的乘客已经在登机口排队。排进队伍之后,我注意到排在我前面的是一个西方男人。他的穿着和长相都很朴实,年龄大概与我相仿。我瞥了一眼他手里的护照,有点失望他不是来自加拿大。这时候,他正好侧过身来。趁着目光的相遇,我顺势问他从哪里来。他说他来自比利时。我会心一笑,故意很具体地回应说我来自蒙特利尔。果然,他的眼神一亮,问了完全是我意料之中的问题。他问我会不会说法语。我们用法语简单地交流了两句之后,换成令我感觉舒服得多的英语。他说他是为生意来长春的。我说我过来差不多也是为了生意。他问我具体做什么生意。我的回答当然完全出乎他的意料。我说我是一个作家。我说我这次的生意其实就是"开会"。

接下来就是关于作家的那些基本问题:用什么语言写作?作品是什么类型和什么内容?有没有出版过?……他显然完全没有想到自己这样一个来自比利时的生意人会在中国东北的一个机场里用英语和法语与一个定居在加拿大却又用汉语写作的中国作家交谈。哪怕在全球化的时代,这也应该是概率极小的"机遇"。他显得很兴奋。我也显得很兴奋。我想到自己随身携带的箱子里有一本刚刚译成英文出版的《深圳人》。我想不妨让这个来自比利时的生意人读一下这部作品,看他会有什么感觉。这时候,队伍已经开始移动。我告诉他等上飞机之后,我会给他看我刚刚出版的一个英译本。

他坐在我前面五排的位置上。等到所有乘客都已经就位,过道完全畅通之后,我从箱子里取出《深圳人》英译本,送到他的座位上。他很快就读了起来。我能够通过他显露在椅背之上那极少的背影测算出他翻书的速度。而且我注意到他在阅读了一段时间之后会停下来休息一下眼睛。从他翻书的速度和每一段阅读的时间,我估计他是每读完一篇就停下来休息一下。那么在整个飞行过程中,他应该是读了三篇。之所以如此饶有兴趣地盯着他的背影是因为我感觉这种情境非常离奇:一个外国人(而且是一个陌生的外国人)在我的祖国的上空(同时又是在我自己的眼前)阅读着我刚被翻译成外语(而且那外语对他也是外语)的作品。我想起作品中那些人物的原型,那些多年以来一直在我的灵魂深处与我互动的"深圳人",他们知道我已经用文学将他们带到了如此离奇的情境中吗?我又想起那些此刻继续在地面的会议室里开会的同行们,不知道他们中间还有谁进入过类似的情境。写作真是一项美妙的事业,它能够经常将写作者带进美妙的超现实之中。

飞机开始下降的时候,我走过去将书取回收好。他如梦初醒,说下飞机之后再告诉我阅读的感受。他在机舱口旁边等我。然后,我们一起跟着人流往外走。一路上,我们完全沉浸在交谈之中,谁都没有去在意周边的环境。很明显,文学已经拉近了我们的距离。我们已经不再像上飞机之前那样拘谨。他首先谈他的阅读感受。他果然是读了三篇。第二篇《小贩》

他没有读出味来,因为他完全不熟悉它的背景。而另外的两篇他都很有感觉。接着,话题转向他自己这些年来在中国旅行的感受。他欣赏中国的发展,但是并不认同中国的生态。最后他谈到了他的妻子。他说她是一位陶瓷艺术家。他说他将在上海与她会合。我现在已经不太记得她是从景德镇过来还是他们要一起去景德镇。从他的言谈,我感觉他是一个家庭观念很重而且家庭生活也很美满的人,完全不像《深圳人》里面那些总是处在危机边缘的虚构人物。

愉快的交谈很快将我们带到了提取行李的大厅。他需要等托运的行李,而我急着想赶往地铁口。分手之前,他在手机里留下了我的邮箱。我们说以后可以通过邮件继续交谈。有意思的是,正式的分手并没有将我们完全分开。在地铁上坐了三站之后,我突然注意到他竟也坐在同一节车厢里,准确地说,是就坐在我右前方的对面,距离我可能只有三四米的地方。我感觉这不可思议:他居然没有因为领取行李而耽误任何时间!我当时的解释非常实际。我想这只能说明他对浦东机场相当熟悉。但是现在,我更愿意相信这是一个神秘的暗示。因为车厢里人很多,我没有再去与他打招呼。而到了广兰路换乘站,我看到他毫不犹豫地随着人流下了车,而我是等到人都下空之后才意识到我也必须在那里下车换乘。很显然,他对上海的地铁也相当熟悉。

因为留给他的 Gmail 邮箱在国内打不开，我直到 9 月中旬回到蒙特利尔之后才看到他在我们分手的当天就写来的邮件。他感谢我给他带来的特别的中国之行。他盼望《深圳人》的法文版能够尽快出版。他的邮件里夹杂着一些法语词，比如"短篇小说"。我能够感觉得到这是不得已的混用，也就是说，他是因为没有把握英语要怎么说才用上了自己的母语。这与乔伊斯在《芬尼根守灵》中故意混用多种语言的游戏完全相反。我又拖了两个星期，等时差完全过去之后，才给他写去简单的回复。而他在四天后的回复证实了我对他的第一印象。他说他刚去看望了住在法国南部一座小村庄里的父母。他说他与他们谈起了自己这一趟特别的中国之行。他说他们还一起读了在网上找到的那篇关于我的法语介绍（我第一次是从 Sylvie 那里听说那篇介绍的）。他说他们一家人都盼望着将来能够用法语读到我的作品。他还附来了一组在那个小村庄周围拍的照片。我在浦东机场的印象没有错，他的确是一个家庭观念很重而且家庭生活也很美满的人。

2017 年初签好《深圳人》法文版的合同之后，我首先就将消息告诉了他。从那一天开始，他和他的家庭就与我和我的作品更紧密地联系在了一起。我不断在"第一时间"向他通报加拿大媒体关于我的报道以及翻译的进展。当法文版 11 月初在加拿大正式上市之后，他有点迫不及待了。他向法国和比利时的书店打听怎样才能尽快买到那本书。而知道我将于11月18日在蒙特利尔书展做签售活动的消息之后,他马上写来邮件,说他的外甥女碰巧在蒙特利尔实习,他会让她去书展买我的书,在圣诞节假期前带回比利时。他说他需要三本,除了自己保留的一本之外,他还要送一本给他母亲,送一本给他妹妹,作为今年的圣诞礼物。他的兴奋令我感动。他整个的家庭与《深圳人》的联系令我感动。当代中国文学作品都在想着"走出去",但是,他们中有多少能够走这么远,不仅是走进了一个西方家庭,而且还走进了这个家庭生活的中心?这时候,我才清楚自己去长春"开会"的价值和意义。我也兴奋地写下了我的回复。我告诉他,从2016年8月16日那一天开始,他就已经是《深圳人》的一部分。接着我用诗意的语言勾画出他与这部作品最特殊的联系。我说:"你是唯一一位在天上读过这部作品的人。"

这当然是令人感动的说法。这更是令人感动的事实。他的反应出现在知道他的外甥女已经与我在书展上见面之后写来的邮件里。他说他很想念中国。他也用了"借口"一词。他说他现在有了常回中国去看看的"借口"了。我自己与许多国家的关系都是由文学作品来决定的。没有想到,我自己的作品也能够参与决定一个西方人与中国的关系。

圣诞节后的第二天,他又写来邮件。他说他正在读他外甥女从蒙特利尔带回去的《深圳人》。他想着自己十六个月之前在中国的上空用英语读这部译自汉语的作品,现在却是在自己的家里用自己的母语读着这部作品。他感觉这非常地神奇。他说他和妻子过两天会与妹妹和妹夫一起去法国南部看望父母。他说他的母亲已经在焦急地等待着今年的圣诞礼物。

新年假期之后,我收到他2018年的第一份邮件。他告诉我,在法国南部全家团聚的日子里,他们主要的节目就是阅读和讨论《深圳人》。他说她母亲喜欢里面的每一篇作品,还评价说一个文笔如此精细的作家一定有一颗极为敏感的心。他说他自己已经读到最后的一篇了。他说这时候他才意识到自己读过的两个版本的篇目次序不同。他记得在英文版里,《村姑》是第一篇,也就是他最早读到的一篇,而在法文版里,它却是倒数第二篇(我后来告诉他,高度尊重原作的法文版遵从的是原作的次序)。他还说他读完之后,书最后会轮到他妻子的手上,而他们家里的其他成员都已经读完。

他接下来的邮件发自日本。他说他在那里出差已经一个星期了,过两天就回比利时。他说孤身一人在外奔波的复杂感觉很难用语言表达,尤其是很难用英语表达。他说因公出差总是带给他负面的情绪。他说他将《深圳人》带在身边了,正在读第二遍(这也就是说,他用两种语言在天上读过这部作品)。而我故意将他的阅读与他的情绪联系在一起,玩笑说负面的情绪是受了《深圳人》的影响。他还问我是否收到他母亲的邮件。他说是他告诉老人家可以用法语给我写的。是的,我在前一天收到了他母亲用漂亮又热情的法语写来的邮件。她说她一家人都读了《深圳人》。她说其中的每一篇作品读来都那么自然却又需要仔细地品味。她说阅读过程本身以及阅读之后的讨论(她强调尤其是后者)给她一家人带来了极大的享受。她说她自己尤其喜欢《父亲》和《神童》两篇。她说她被作品中"无限的悲伤"打动。这是多么不可思议的"读者来信"啊。它带给我的美好感觉很难用语言表达,尤其是很难用我有限的法语表达。但是,我还是决定用法语回复老人家的邮件,向这不可思议的阅读表达我最诚挚的感激。

在浦东机场的交谈中,他曾经简单地介绍过自己的工作。而为了写作这篇文章,我感觉需要在这方面有更多的了解。但是,我又并不想暴露自己的用意。哪怕是事实,我也希望它充满着生活的气息。所以,我只是在祝愿他尽快从负面情绪里挣脱出来的邮件里,用非常随意的语气表达了一下自己对他的工作的兴趣。没有想到,他第二天就给我写来了充满生活气息的回复。他说他的公司的根基是当今世界最前沿的生物工程技术"基因测序"。他说他25岁那年就进入了这个迅速发展的行业。他在原来供职的公司工作了十七年,见证了公司从三名雇员发展到三百名雇员的历史。从2004年开始,他决定自己创业。十三年过去之后,他自己的公司也已经是一个拥有一百名雇员(包括在美国的二十名和在日本的两名)的小型跨国公司。他说这是一份疯狂的工作。作为一个高科技小公司的首席执行官,他说他每天都像是坐在一个随时都可能会爆炸的炸弹上。他又说如果哪一天他的公司倒闭了,别人会嘲笑他"智商不够",而他总可以用"运气不好"来躲避伤害。但是,写作却与"运气"无关,他从自己的状况想到了我更加险恶的处境。而且一个作家还需要更彻底地暴露在公众的视线之中,他继续写道:所以如果别人说一个作家的作品不好,那对他就是无法躲避的伤害。他好像还知道我需要更多的信息,接下来又逐一介绍了他家庭成员从事的工作。他有一个儿子和两个女儿。他的儿子现在也在生物工程这个行业里,儿媳妇是为银行工作的律师。他没有提到大女儿的工作,只是说女婿是一名放射科的医生。他的小女儿也是医生,专业是儿科。当然还有他的妻子,这是我还清楚地记得的,她是一位以陶瓷为材料的艺术家。

……这个故事可以这样一直延续下去。我还是就此打住吧。为了首尾呼应,请允许我还是以"开会"的话题来结束我的叙述。如果将来再有人问及我对"开会"的态度,我肯定不会像从前那么负面了。我会说"开会"有可能带来意想不到的收获。如果对方再追问什么意想不到的收获,我当然就会说出这篇文章的题目。对方一定不知所云。好吧,我会接着说:"那你就去翻开《异域的迷宫》吧。"

乔装成"村姑"的天使

《深圳人》法文版于2017年11月8日出现在加拿大法语区各大法语书店入口处的柜台上,与帕慕克、库切和略萨等人最新的法译本并列。这一天距离我与作品法语译者第一次见面(也是正式开始翻译)的日子只有二百五十七天。而我们的第一次见面距离她第一次感知我在这个世界上的存在也还不到一个月。后来,我经常会用"亲爱的同事"来称呼我的这位法语译者。我这样称呼她不是因为她本人也是写小说的作家,而是因为我们曾经在同一座城市的同一所大学的同一个学院里工作,而且那座城市的名字就正好包含在由她译成法语的这部作品的名字里。

而我第一次感知她在这个世界上的存在就是因为这匪夷所思的"曾经"。它发生在2005年的夏天,与她感知我存在的那个深夜的距离可能已经超出许多人记忆的容量:那时候还没有无边无际的朋友圈和无休无止的微信群;那时候大家还在使用1.44MB的软盘保存数据和备份文件;那时候,中国还没有如此发达,异域还没有如此寒碜……在蒙特利尔蛰居了三年零四个月之后,我第一次回到喧嚣的深圳。像后来所有的回去一样,那一次回去的主旋律也充满文学的色彩。出发之前,我已经在接受国内媒体的采访;而离开之后,我的第一部小说集已经在准备出版。像后来所有的回去一样,我还是非常吝啬,不愿意为与文学无关的应酬浪费任何时间。所以当一位以前在深圳大学文学院的同事问到有没有兴趣见一见外语系(当时归属文学院)里那位从"你们"魁北克来的外教,我不仅用"魁北克的女孩见多了!"这种虚张声势的理由来表现自己的毫无兴趣,还接着用不以为然的口气反问一句:"魁北克的女孩跑到深圳来干什么?!"这后一句反问好像是对我自己被魁北克人重复问过无数遍的类似问题的报复。

我至今都在庆幸自己十二年前的果断和冷漠。如果不是因为当时的"毫无兴趣",2017年就肯定会是一个残缺的年份。2017年1月26日的深夜就肯定不会出现令我至今都惊叹不已的奇迹。而接踵而至的那一个又一个高潮也肯定不会进入公众的视野和文学的历史。

请允许我暂时跳过那个深夜,先从相对理智的1月27日开始。那天中午,《深圳人》英文版的出版商转来一份用法语写的邮件。它来自同城的一位法语出版商。法语出版商说她的一位作者向她推荐《深圳人》。她想知道这部作品的法语版权是否还在我自己的手里,如果还在,她希望能够获得作品在加拿大法语区的出版权。她还说她的这位作者曾经在深圳生活过四年。她还说这位作者本人愿意承担翻译的任务。当时已经有一家巴黎的出版社为法语版权的事联系过我,但是这位蒙特利尔的出版商显然对我更有诱惑,因为她已经有合适的翻译人选。而且这人选不仅与深圳相关,是曾经的"深圳人",还与文学相关,是专业的小说家。这完美的组合立刻我嗅到一股"天使"的气息。我尾随着这气息来到离住处不远的独立法语书店 Olivieri(十六年前第一次走进这家书店的时候,我曾经在书店的一个角落里看到一本我的朋友 Pascale 翻译的《红高粱》,这个细节一直被我当成是自己与法语关系的隐喻)。书店里果然有出版商的那位作者最新的作品。我翻开它,读了它的开头和结尾。我对作者的语言和叙述感觉很好。这时候,值班的店员走过来。我乘机向她做深度的调查。得到的回答是,这位作家语言优雅、叙述精致,是魁北克法语文学界的明星,而她的出版社眼界很高、品位很好,在魁北克法语文学界也享有盛名。这些介绍让我立刻产生了时来运转的快感。而接下来的细节更是带给我势不可挡的震撼。店员走开之后,我将视线移到封底。关于作者的介绍顷刻间抓住了我的眼球。这怎么可能?!这位作者的深圳生活经验里居然包括在深圳大学文学院工作三年的经历。

我在1月28日的0点30分传走给这位出版商的回复。

我告诉她法语版权仍在自己的手里,并且表示有合作的兴趣。但是,我故意没有提及让我又喜又惊的市场调查。我相信应该将它留到"事成"的时候再与大家来分享。她清早起来就看到了我的回复,然后立刻传来了最主要的出版条件。那是我不需要再讨价还价的条件。而这一天正好是农历大年初一。在回复里,我将这个巧合当成是自己接受条件的主要理由(我打出的是一张怪牌。我说我外婆在世的时候总是提醒我不能拒绝大年初一的礼物)。两个星期之后,出版商传来了合同的草稿。她使用英语而不是法语起草合同,当然是为了我的方便。而我这个从来都对合同不太认真的人,这一次却看得非常认真。我不希望这显然是将要"天"成的事业蒙受任何人为的错误。我提出了三条修改意见,其中最主要的是将"24个月内出书"改为"12个月内出书"。我相信这不仅是为了弘扬中国的效率(准确地说应该是"深圳速度"),更重要的还是为了顺应我感觉已经非常迫切的天意。她马上回复接受我的修改。又过了将近一个星期,出版商通知我合同已经准备就绪。同时,她用罕见的激情表达对一部中国文学作品的信心。她说很少有文学作品既能改变读者对文学的看法,又能改变读者对世界的看法,而《深圳人》就具备这双重的能力。我相信这是她与她的那位作者共同的立场。

我相信仪式感也是天意的一部分,所以建议我们面对面在出版社的办公室签署合同，而不要借助扫描仪在电脑上将合同传来传去。这个建议也立刻获得出版商的认同。但是直到前往出版社的当天，我才知道这顺应天意的建议与天意还有更奇妙的纠葛。那天刚进入老港，我就迷了路，有一段距离甚至走在了完全相反的方向上。对我这样一个方向感极强的人，这当然非常反常。因为离约定的时间已经很近，我不敢再自作主张，而是开始不断向路人和店家求证。这样，我最后还是准时抵达出版社的楼下。上楼前，环顾四周，我突然有似曾相识的感觉。这时候，矗立在东面不远处的那座纪念碑和它旁边那座历史博物馆的顶部勾起了我的记忆。我意识到自己又来到了第一次走进蒙特利尔城区的时候就到过的地方：2001年的4月5日晚上，我带着"身边的少年"乘坐英航班机从伦敦飞抵蒙特利尔（这正好也是整部《异域的迷宫》的起点）。第二天，我带着他在蒙特利尔的市区乱逛。下午3点左右，我们逛到了老港。在历史博物馆很快地逛了一圈之后，我带着他绕到博物馆后面的这个角落。我看到了那座纪念蒙特利尔1642年建市的纪念碑。"身边的少年"在纪念碑前站好，我为他拍了两张照片。那应该是他在蒙特利尔拍过的最早的照片……

走进出版商的办公室，我急着想与她分享这神奇的巧合，而她也非常兴奋地说她也有神奇的巧合要与我分享。她耐心地听完我的叙述。她当然会觉得这不可思议。而她接下来与我分享的神奇会让所有人都感觉更加震撼。她拿出合同,指着我的住址说,其实在我告诉她之前,她就已经知道我的住址。这怎么可能呢?我问。她的回答让我嗅到了"天使"更为强烈的气息。她说她的那位作者现在就住在我住的大楼里。这怎么可能呢?我又问。出版商笑着问我在那座大楼里住了多久。我告诉她已经十五年。她说她的那位作者是1月份刚住进去的,会在那里住到4月底。她租的是一位朋友的住处。那位朋友自己刚搬进大楼不久。趁着他去佛罗里达过冬,她租了他的住处,准备在那里完成她手头的写作计划。她万万没有想到,在刚住进去几天之后,一部名为《深圳人》的作品突然闯入了她的世界……这太不可思议了!我至今也不敢相信这貌似文学作品中的细节居然会是现实生活中的事实。我看着年轻的出版商,过了很久才提出我的下一个问题:"她又是怎么知道我住在那里的呢?"出版商笑着将合同递过来。她说等我与那位作者见面的时候,她自己会告诉我的。

2月24日(也就是合同签字三天之后)的下午2点,两个"深圳人"相约在圣约瑟夫大教堂旁边的洛朗公爵咖啡馆见面。我故意提前10分钟出发,避免在电梯里相遇的尴尬局面。我选择的座位正好面向她从小区那边走过来的方向。所以在她看见我之前一分钟,我就已经看见了她。我看着她横过马路,看着她走进咖啡馆。她那一头披肩的浅黄色卷发非常耀眼,足以将她与我"见多"了的魁北克女孩区别开来。站在我面前,她显得有点羞涩。而我本应该也有的羞涩已经被巨大的疑问冲散。还没有等我们完全坐下,我就迫不及待地说出了不可能再用其他方式说出的第一句话。"这究竟是怎么回事?"我用惊叹的口气问。她显然知道我说的"这"是指"这一切",包括我为什么离开深圳和深圳大学以及她为什么会去到深圳和深圳大学以及我为什么会在一座异域的大楼里完成《深圳人》以及她又为什么会在同一座大楼里发现《深圳人》等等在内的一切。她说她也不知道。她说她自己从小就对中国感兴趣,甚至感觉自己从灵魂的深处就是一个中国人。她说法律是她原来的专业和职业,而写作从来就是她的专长和理想。她说英语和法语都是她的母语,但是她却坚持用受众较少的法语写作。她说有一天,一个在蒙特利尔跟她学英语的中国人问她愿不愿意去深圳为一个有钱人家的孩子做家教,她因此就变成了"深圳人"。大概一年之后,她离开那户奇怪的人家(她说那一家的女主人每天都在哭泣,男主人几乎从来都不回家),受聘为深圳大学的外教。她又说起了我们居住的小区,她说她小时候经常从它旁边经过,总是想象将来会在这里住下。没有想到,半辈子过去之后,她终于利用一个偶然的机会住了进来;更没有想到,刚住进来不久,她就发现在同一座大楼里居然隐居着一位自己没有能够在深圳遇见却又最不应该错过的"同事"。

接着,她说起了1月26日那天晚上的经过。那天晚上,她收到蒙特利尔"蓝色都市文学节"发来的邮件,知道了自己在文学节里唯一那一场活动的全部细节。那是一场以"中国"为主题的活动,一共有三位作家参与讨论。另外两位作家的名字足以让她产生分裂的感觉:其中一个名字在加拿大众所周知,不仅因为他是前首相的儿子和现首相的弟弟,还因为他自己也是出名的电影人。她对他毫无兴趣。令她极感兴趣的是另外那个她从来没有听说过的名字。那是一个中国人的名字。她很快就通过网络看到了这个人的文学业绩……可这是怎么回事?她惊呆了。他怎么居然还是她自己在深圳大学的"同事"?她亢奋起来。她需要更多的信息。她点开了在加拿大广播公司的黄金时段播出过的那个采访。她凭着采访者在节目一开始对被采访者居住环境的那一句简单描述推论出被采访者就住在自己现在居住的这个小区里。接着,她凭着小说家的直觉或者幻觉相信被采访者就住在自己现在居住的这同一座大楼里。这是正确的概率只有六分之一的"相信"。她冲出门、冲进电梯、冲到大楼入口处的电脑显示屏的跟前:小说家的天赋很快就得到了机器的证实。

然后,我们从奇迹回到现实。我首先需要知道她对《深圳人》的感受。她说那部作品里的每一个细节都与她的深圳经验相符。她还特别提到《出租车司机》,她说我的文字将她带回到了深圳的出租车里。我第一次听到关于那部作品如此专业的评价。我感叹她抓住了语言、抓住了情理，也抓住了场面和细节。接着，我将话题转到翻译。她列举出英译本里面的一些问题。她说在翻译的过程中她会就这些问题与我进一步磋商。三天前在与出版商见面的时候，我已经知道这位译者的翻译将以英译本为基础。我当时就觉得这种"转译"是对原作更大的考验，很有意思。而现在听到她已经注意到英译本的问题，我对她的翻译就更是充满了期待。我希望法译本能够恢复原作篇目的排序，她表示完全赞同。我还希望法译本能够恢复原作段落的安排，她也说在翻译的过程中会将这一点考虑进去。最后，我问到翻译的进度。她说她现在还不知道自己的进度。不过，她会将自己的写作先放在一边。她说她不想错过《深圳人》给她带来的特别的激情。

接着，她谈起自己的一种偏好。她说她是一个对城市和乡村都感兴趣的人。但是，她更喜欢乡村，包括中国的乡村。她谈到了自己在广东的乡村里的一些见闻。她又提起了自己距离蒙特利尔城区大概80公里远的"村舍"。她说她人生的大部分时间都是在乡村度过的。这让我想起《深圳人》里面的一个重要人物。是的，她说她就是一个"村姑"。她说在读《村姑》的时候，她就觉得那是写她自己的作品。我曾经多次惊叹总是在现实里与自己虚构作品里的人物相遇。这一次应该是所有的这些相遇中最为神奇的一例。

也许正因为这样,也许正因为她本身就像是我的作品,我们的对话从一开始就非常融洽。有时候,我们的对话让我感觉就像是自己的独白。我对她的妙语还以妙语。她对我的幽默报以幽默。而且这不仅是实时的反应,还具有可持续的功效。比如当话题突然变成作家与异域的关系,我提起了一位从海地移居蒙特利尔的著名法语作家(因为他汉译本的翻译者是我多年的朋友)。她笑起来,说那位后来的大名人刚移民过来的时候苦于不为人知,有一天将自己的简历和照片贴满了蒙特利尔的电线杆。我做出豁然开朗的样子,声称当天晚上也要步其后尘。我们见面结束之后的当天傍晚,她就离开小区回她的"村舍"去了。我在第二天一早写给她的邮件里问及我们分手之后下起的暴雨对她有没有影响。她回复说路上一切顺利。她骄傲地说暴雨对她那样的"村姑"根本就不是问题。而我马上在回复里责备她对暴雨的豁达。我说下了一整晚的暴雨却让我非常懊恼,因为它冲走了我贴在电线杆上的所有照片。她的回复也马上进入我的邮件。她用好像非常严肃的语气说:"你的形象已经不可能被暴雨冲走。"我们的文字和交谈里从此就充满了这滚雪球似的语言游戏。

除了第一次见面之外,在同居于同一座大楼的过程中,我们还有过三次"约会"。前两次的地点都还是在洛朗公爵咖啡馆：同样的角落，固定的时间。那是为讨论翻译而安排的见面。这些讨论不仅充满愉悦，还让我有益智的感觉。而且，它还不断激发起我对自己作品新的发现。如下的两次讨论尤其给我留下深刻的印象：第一次是关于《物理老师》里面那六行诗句的讨论。我原来并不认为那些诗句值得特别在意。但是，她认为诗句与整篇作品的叙述有深刻的联系。这种发现迅速调动起我的积极性。于是，我们对照原文、英译以及从网上找到的一种法译（出现在关于我的一篇法语评论中），一个词一个词地将翻译确定下来；另一次是关于《母亲》的讨论。"深圳人"系列小说集的原版以《母亲》开篇，而英文版出版商认为那是其中最"弱"的一篇，将它移到了倒数第二位。当我懊恼地提到这一点的时候，"亲爱的同事"用几乎是不假思索的反应令我的精神为之一振。她说《深圳人》里面就没有"弱"的篇目。但是，英译最初两段时态上的含混让她产生了疑问。这可以说是整个翻译过程中最有价值的疑问。它促使我重新审读了原作，并且发现了一个细微却关键的问题。我相信那也是英译问题的根源。因此，在小说集更名为《深圳人》重新出版的时候，我对《母亲》做了细微却关键的修改。那也是小说集的重版里唯一的修改。翻译过程引发我对原创作品进行修改，这应该是《深圳人》法译本的特殊意义。

我们的第三次"约会"就是导致我们感知对方存在的那场

文学节的活动。那是一场成功的活动:台上的讨论非常热烈,台下的反应也非常积极。她的"发小"带着丈夫也来捧场。他们曾经在上海经商多年(各自经营不同的工厂),有丰富的中国生活经验。活动结束之后,我们步行到艺术广场附近的一个酒吧,继续关于中国的交谈。这本来是一个非常愉快充实的夜晚。但是不知道为什么,当与她的朋友们在地铁站分手,我们一起坐上回小区的公共汽车之后,我突然变得伤感起来。我谈起《白求恩的孩子们》法文版的出版合同还没有着落,而现在甚至连它的译者也没有了消息。那不是我第一次向她提起我的另一位法语翻译,但那肯定是我第一次用伤感的语气提起Sylvie。我说我不知道她为什么一直没有消息。我甚至提到因为在英译的过程中我自己对《白求恩的孩子们》做了大量的重写,将来的法语翻译肯定也会需要参考它的英译本。我不知道这复杂的过程将来要如何处理……后来我从Pascale的邮件里知道我用伤感的语气提起Sylvie的时候大概就是Sylvie在世界上最后的时刻。

每次见面的时候,我最关心的其实是一个最实际的问题:翻译的进度问题。她一直不愿意明确告诉我自己的进度。我对此非常理解。在写作状态之中,我自己就从来不愿意明确告诉别人我自己的进度。当然通过关于翻译本身的讨论,我对翻译的进度也就会有大概的掌握。我非常满意她的"深圳速度"。

但是随着翻译的接近完成,我的焦虑却越来越重。我很清楚焦虑的根源就是我对法译本的期待。我期待它是一个完美的版本。完美的意思非常简单,就是它要更接近我的原作。我已经不担心内容上的接近(也就是神似),因为天机已经被一个接一个的奇迹泄露。我担心的是形式上的接近,也就是形似。进入6月,这种担心变得越来越强烈。我"亲爱的同事"不停地在邮件里减缓我的压力,但是那好像无济于事。在距离6月9日回国的时间还差不到一个星期的时候,一个极端的想法突然出现。我想通过法译本全部恢复原作的分段状况。这当然就意味着必须对英译本做一次彻底的核查,将它对原作分段的改变全部标示出来,这也意味着我们还必须再见一面。她那一段的安排正好非常密集,更是没有时间再来城里。但是为了确保翻译的质量,我坚持我们必须再见一面,把好最后一关。在我的坚持之下,她挤出了一天的时间,我们约定在她的"村舍"见面。

一位朋友同意开车陪我前往,这是整个计划得以顺利进行的关键。而我自己从出发前一天(6月3日)的傍晚一直工作到出发当天的凌晨,不仅将英译本对原作分段的改变全部锁定,还发现了另外两处非常隐蔽的误译。清早出发之前,估计到我们超大的工作量,我特意写邮件提醒"亲爱的同事"不必准备复杂的午餐,我说我们有可能根本就没有午餐的时间。为了避开高峰期可能的堵车,朋友建议尽早出发。我们冒着蒙蒙细雨,一直向南。那是我从来没有去过的方向。但是,沿途清新的乡村景色却并没有缓解我对工作的焦虑。我甚至都没有怎么去想象即将走进的"村舍"是什么样子。

走进"村舍",我马上想起何怀宏教授对我的随笔作品集的推荐:"美丽、干净、温暖,是文学的祖国,也是思想的家园……"我笑着问与"村舍"完美匹配的"村姑",既然拥有如此的"祖国"和"家园",为什么还要去异域做我的"同事",又为什么还要来城里做我的"邻居"?她当然知道这是不需要她回答的明知故问。她当然也知道这是她已经用翻译的速度和质量回答过的明知故问。她没有理睬我的问题,而是带着调皮的表情从工作室的书架顶上取下一件令我感觉非常眼熟的纪念品。她指给我看那上面写着的一行汉字:"深圳大学校庆留念"。

我们在餐桌边坐下。我们一段一段地核对分段的情况。她几乎赞同原作所有的分段,只有少数的三四处她认为可以根据法语的语感重新处理,让我容许她进一步考虑。在完成全部核对之后,她又就一些新的疑问与我进行探讨,最后都找到了理想的结果。而整个工作过程中的高潮出现在我与她核对那两处非常隐蔽的误译的时候。我原来以为那是只有我自己能够发现的错误。没有想到,在指出第一个误译的时候,她瞥了一眼我手里的英译本,肯定地回答说她"已经"改掉了。然后,我翻到第二个误译的位置,她又瞥了一眼,给出了同样的回答。

我让她告诉我她改成了什么。她的回答更令我难以置信。她没有核对原文怎么会完成完全符合原意的改动?！我忍不住叫醒正在沙发上打盹的朋友,激动地说:"你刚才错过了天才与天才的对话。"

我们的工作效率超出我的预计,也为我们赢得了午餐的时间。在还剩下最后三篇作品的时候,我终于同意中场休息。我们将摊在桌面上的书和纸捡开,换上热汤、法棍以及"村舍"男主人自制的鹅肝酱。我和朋友坐在一侧,她和男主人坐在另一侧。有意思的是,这时候她的工作却并没有停下:因为我和朋友的法语都不够用,而男主人的英语也难以应对,她不时需要充当我们和男主人之间的口译。我们交谈的范围很广,从我刚读到的萨义德的那一篇关于流亡者命运的文章,到"村姑"着迷的语言和文学,一直到男主人热衷的钓鱼和航海。关于航海的话题让我想起与她同名的另一个"魁北克女孩",《大海的尽头》里的那个"魁北克女孩"。我问他们是否还记得那一场著名的航海悲剧。"村姑"马上说出了悲剧主人公的名字。她说他是她的偶像。她当然完全没有想到我这样一个"深圳人"居然会如此熟悉魁北克人的偶像。

午餐后的工作继续保持"深圳速度"。全部完成核对之后,大家甚至还有足够的时间在客厅里坐下,听我谈起围绕着《白求恩的孩子们》出现的奇迹。我特意带来了五天前 Le Devoir

登出对我的访谈之后收到的那两封读者来信。来自 1904 号房的信尤其引起了大家的兴趣。于是,我又谈起了 1904 号房先前的租户。于是,我谈起了以那位租户为原型的小说人物。于是,我朗读了《白求恩的孩子们》英译本里题为"分离主义者"的一章。分离主义者克洛德的原型就是 1904 号房先前的租户安德烈。我是在前一天下午才拿到《白求恩的孩子们》英译本样书的。因为取样书的地点就在"身边的少年"住处的附近,拿到样书后我先去送给他看,并且在他那里做了第一次朗读。而一天之后的第二次朗读正好发生在与我的文学道路密切相关的"村舍"和对我的文学道路有特殊影响的日子……这也可以算是围绕着这部作品的奇迹吧。

直到《深圳人》法文版上市将近三个星期之后(11 月 27 日),我才再一次与它的译者坐在一起。那时候距离我们在"村舍"的分别已经过去将近半年。那时候她关于作品的预言几乎全都已经实现。最令我兴奋的是,Le Devoir 给予了它最高的四星评分。这当然既是对原作的赞许,也是对译本的肯定。这也为原作者和翻译者的再一次见面创造了喜庆的气氛。我们见面的目的是接受另一家法语媒体(La Presse)的采访。我们将地点还是选在洛朗公爵咖啡馆。摄影师过来后,为我们在孕育《深圳人》法译本的角落拍了照。采访进行得非常顺利。那是我第一次同意将属于"深圳人"的秘密暴露给魁北克的法语读者。

与记者分手之后,我坚持带她去位于地铁站旁边的法语书店。我希望与她一起看到我们共同的作品。我完全没有想到,又一个奇迹会在这里出现。当我们走近《深圳人》的时候,我注意到一个熟悉的身影刚好从它的跟前走开。那是一位女士的身影。就在我暗自惊叹的时候,那位女士突然回过头来,正好也看见了我和我身边的陌生人。我抢先与她打招呼。她朝我们走过来一步。她指了指我的书。我向她介绍了"我的译者",我又向我的译者介绍她是"我的朋友"。两位同名的"魁北克女孩"握手之后,"我的朋友"马上就走开了。我和"我的译者"在我们共同的作品面前站了一下,但是我已经没有心情与她分享《深圳人》的显赫了。我急于想与她分享刚才的奇迹。我问她是否还记得我在她的"村舍"里提起过的那一场航海悲剧。她马上就意识到了刚才与她握手的那位女士与那场悲剧的关系。是的,她就是那场悲剧里的女主角。这怎么可能呢?我"亲爱的同事"激动地看着我。她说悲剧里的女主角也是自己的偶像。她惊奇她居然会出现在自己的面前(也许更应该惊奇的是因为《深圳人》而出现在自己的面前)。她惊叹这么多年过去了,她看上去还是那样的优雅和漂亮。

在我们第一次见面之后,我就经常在考虑这篇将来一定会要写出的关于"我们"的文章应该如何开头。现在离那一次见面的周年纪念日已经不到六天了,而我也已经为文章想出过近十种开头的方案。我知道,不同的方案虽然会导致不同的叙述路线,却会呈现同样的激情,显露同样的奇迹。而我同样知道,不管用哪一种方案开头,我都不可能完全理解接下来所要叙述的一切。所以,我最后采用了最早想到的开头。直觉告诉我,这样的开头能够将我带到《异域的迷宫》的尽头。

这一次,关于目的地的想象没有出错。

图书在版编目(CIP)数据

异域的迷宫/薛忆沩著.—上海:华东师范大学出版社,2018
ISBN 978-7-5675-7700-8

Ⅰ.①异… Ⅱ.①薛… Ⅲ.①随笔-作品集-中国-当代 Ⅳ.①I267.1

中国版本图书馆 CIP 数据核字(2018)第 095431 号

异域的迷宫

著　　者　薛忆沩
责任编辑　朱华华
责任校对　王丽平
装帧设计　崔　楚
出版发行　华东师范大学出版社
社　　址　上海市中山北路 3663 号　邮编 200062
网　　址　www.ecnupress.com.cn
电　　话　021-60821666　行政传真 021-62572105
客服电话　021-62865537　门市(邮购)电话 021-62869887
地　　址　上海市中山北路 3663 号华东师范大学校内先锋路口
网　　店　http://hdsdcbs.tmall.com

印　刷　者　上海中华商务联合印刷有限公司
开　　本　787×1092　32 开
印　　张　6.75
字　　数　113 千字
版　　次　2018 年 6 月第 1 版
印　　次　2018 年 6 月第 1 次
书　　号　ISBN 978-7-5675-7700-8/I·1886
定　　价　39.80 元

出 版 人　王　焰

(如发现本版图书有印订质量问题,请寄回本社客服中心调换或电话 021-62865537 联系)